KB115901

해운대

해운대

국립부산기계공업고등학교
제10회 동창문집

시와소금

■ 국립부산기계공업고등학교 10회 동창문집

해운대

공광규

권기옥

권대근

김규동

김종원

박 철

정원석

조양상

조충호

한승수

여기 글을 모은 열 명은 모두 부산 해운대에 있는 국립부산기계공업고등학교 10회 동창생들이다.

전국 팔도에서 이불보따리를 들고 해운대 장산마루 기숙사에 모여든 우리들은, 1976년 입학을 해서 1979년에 졸업을 했으니 딱 사십년 인연이다.

가난했던 우리들은 졸업을 하고, 다시 전국의 산업체나 학교로 흩어져 이런저런 일을 하면서 살다가 글이 인연이 되어 다시 만나게 된 것이다.

입학생 구백 명 가운데 열 명이 문집으로 만나 묶이게 되니 운명이 아니고 무엇이랴.

모두 각처에서 자신의 분야에서 일가를 이루며 생계에 충실하고, 그동안 글을 놓지 않았다는 동지애와 이 반가움은 이루 말할 수가 없다.

글로 만나는 반가움을 동창문집으로 엮는 의미 또한 장년기에 맞는 큰 기쁨 가운데 하나다.

이제 남은 우리들의 인생은 글을 매개로 동락하면서 우정이 흩어지지 않기를 바란다.

그리고 다음에는 더 많은 동창생이 글과 인연이 되어 이 문집에 들어와 엮이기를 바란다.

　아름다웠던 십대 후반을 같이 보낸 아름다운 '해운대'를 문집의 제호로 삼는다.

2015년 봄

열 동창생

공광규 권기옥 권대근 김규동 김종원
박　철 정원석 조양상 조충호 한승수

▌차례

▌동창문집을 내며

공광규

• 1960년 서울 돈암동 출생, 충남 청양 성장
• 동국대 국문과, 단국대 대학원 문예창작과 졸업(문학박사)

• 1986년 월간《동서문학》등단
• 시집 『대학일기』 『마른 잎 다시 살아나』 『지독한 불륜』
『소주병』 『말똥 한 덩이』 『담장을 허물다』
• 저서 『이야기가 있는 시 창작 수업』
『신경림 시의 창작방법 연구』 『시 쓰기와 읽기의 방법』
• 동시그림책 『구름』
• 이메일 : kkkong60@hanmail.net

소주병 외 9편

공광규

술병은 잔에다
자기를 계속 따라주면서
속을 비워간다

빈병은 아무렇게나 버려져
길거리나
쓰레기장에서 굴러다닌다

바람이 세게 불던 밤 나는
문 밖에서
아버지가 흐느끼는 소리를 들었다

나가보니
마루 끝에 쪼그려 앉은
빈 소주병이었다

별국

가난한 어머니는
항상 멀덕국을 끓이셨다

학교에서 돌아온 나를
손님처럼 마루에 앉히시고

흰 사기그릇이 앉아 있는 밥상을
조심조심 받들고 부엌에서 나오셨다

국물 속에 떠 있던 별들

어떤 때는 숟가락에 달이 건져 올라와
배가 불렀다

숟가락과 별이 부딪치는
맑은 국그릇 소리가 가슴을 울렸는지

어머니의 눈에서
별빛 사리가 쏟아졌다

수종사 풍경

양수강이 봄물을 산으로 퍼올려
온 산이 파랗게 출렁일 때

강에서 올라온 물고기가
처마 끝에 매달려 참선을 시작했다

햇볕에 날아간 살과 뼈
눈과 비에 얇아진 몸

바람이 와서 마른 몸을 때릴 때
몸이 부서지는 맑은 소리

얼굴 반찬

옛날 밥상머리에는
할아버지 할머니 얼굴이 있었고
어머니 아버지 얼굴과
형과 동생과 누나의 얼굴이 맛있게 놓여있었습니다
가끔 이웃집 아저씨와 아주머니
먼 친척들이 와서
밥상머리에 간식처럼 앉아있었습니다
어떤 때는 외지에 나가 사는
고모와 삼촌이 외식처럼 앉아있기도 했습니다
이런 얼굴들이 풀잎 반찬과 잘 어울렸습니다

그러나 지금 내 새벽 밥상머리에는
고기반찬이 가득한 늦은 저녁 밥상머리에는
아들도 딸도 아내도 없습니다
모두 밥을 사료처럼 퍼 넣고
직장으로 학교로 동창회로 나간 것입니다

밥상머리에 얼굴반찬이 없으니
인생에 재미라는 영양가가 없습니다

아내

아내를 들어 올리는데
마른 풀단처럼 가볍다

수컷인 내가
여기저기 사냥터로 끌고 다녔고
새끼 두 마리가 몸을 찢고 나와
꿰맨 적이 있다

먹이를 구하다가 지치고 병든
컹컹 우는 암사자를 업고
병원으로 뛰는데

누가 속을 파먹었는지
헌 가죽부대처럼 가볍다

무량사 한 채

오랜만에 아내를 안으려는데
"나 얼마만큼 사랑해!"라고 묻습니다
마른 명태처럼 늙어가는 아내가
신혼 첫날처럼 얘기하는 것이 어처구니없어
나도 어처구니없게 그냥
"무량한 만큼!"이라고 대답을 하였습니다
무량이라니!
그날 이후 뼈와 살로 지은 낡은 무량사 한 채
주방에서 요리하고
화장실서 청소하고
거실에서 티비를 봅니다
내가 술 먹고 늦게 들어온 날은
목탁처럼 큰소리를 치다가도
아이들이 공부 잘하고 들어온 날은
맑은 풍경소리를 냅니다
나름대로 침대 위가 훈훈한 밤에는
대웅전 꽃살문 스치는 바람소리를 냅니다.

애장터

입을 꾹 다문 아버지는
죽은 동생을 가마니에 둘둘 말아
앞산 돌밭에 가 당신의 가슴을 아주 눌러놓고 오고

실성한 어머니는 며칠 밤낮을
구욱구욱 울며 마을 논밭을 맨발로 쏘다녔다

비가 오는 날마다
누군가 밖에서 구욱구욱 젖을 구걸하는 소리가 들리면
어머니는 "누구유!"하며 방문을 열어젖혔는데

그때마다 산비둘기 몇 마리가
뭐라고 뭐라고
젖은 마당에 상형문자를 찍어놓고 돌밭으로 날아갔다

어머니가 그걸 읽고 돌밭으로 가면
도라지꽃이 물방울을 매달고 서럽게 피어 있었다.

놀란 강

강물은 몸에
하늘과 구름과 산과 초목을 탁본하는데
모래밭은 몸에
물의 겸손을 지문으로 남기는데
새들은 지문 위에
발자국 낙관을 마구 찍어대는데
사람도 가서 발자국 낙관을
꾹꾹 찍고 돌아오는데
그래서 강은 수 천리 화선지인데
수만 리 비단인데
해와 달과 구름과 새들이
얼굴을 고치며 가는 수억 장 거울인데
갈대들이 하루 종일 시를 쓰는
수십 억 장 원고지인데
그걸 어쩌겠다고?
쇠붙이와 기계소리에 놀라서
파랗게 질린 강

별 닦는 나무

은행나무를
별 닦는 나무라고 부르면 안 되나
비와 바람과 햇빛을 쥐고
열심히 별을 닦던 나무

가을이 되면 별가루가 묻어 순금빛 나무

나도 별 닦는 나무가 되고 싶은데
당신이라는 별을
열심히 닦다가 당신에게 순금물이 들어
아름답게 지고 싶은데

이런 나를
별 닦는 나무라고 불러주면 안되나
당신이라는 별에
아름답게 지고 싶은 나를

담장을 허물다

고향에 돌아와 오래된 담장을 허물었다
기울어진 담을 무너뜨리고 삐걱거리는 대문을 떼어냈다
담장 없는 집이 되었다
눈이 시원해졌다

우선 텃밭 육백 평이 정원으로 들어오고
텃밭 아래 사는 백 살 된 느티나무가 아래둥치 째 들어왔다
느티나무가 느티나무 그늘 수십 평과 까치집 세 채를 가지고 들어왔다
나뭇가지에 매달린 벌레와 새소리가 들어오고
잎사귀들이 사귀는 소리가 어머니 무릎 위 마른 귀지소리를 내며 들어 왔다

하루 낮에는 노루가
이틀 저녁은 연이어 멧돼지가 마당을 가로질러갔다
겨울에는 토끼가 먹이를 구하러 내려와 방콩같은 똥을 싸고 갈 것이다
풍년초꽃이 하얗게 덮은 언덕의 과수원과 연못도 들어왔는데
연못에 담긴 연꽃과 구름과 해와 별들이 내 소유라는 생각에 뿌듯하였다

미루나무 수십 그루가 줄지어 서 있는 금강으로 흘러가는 냇물과
냇물이 좌우로 거느린 논 수십만 마지기와
들판을 가로지르는 외산면 무량사로 가는 국도와

국도를 기어 다니는 하루 수백 대의 자동차가 들어왔다
사방 푸른빛이 흘러내리는 월산과 청태산까지 나의 소유가 되었다

마루에 올라서면 보령 땅에서 솟아오른 오서산 봉우리가 가물가물 보이는데
나중에 보령의 영주와 막걸리 마시며 소유권을 다투어볼 참이다
오서산을 내놓기 싫으면 딸이라도 내놓으라고 협박할 생각이다
그것도 안 들어주면 하늘에 울타리를 쳐서
보령 쪽으로 흘러가는 구름과 해와 달과 별과 은하수를 멈추게 할 것이다

공시가격 구백만원짜리 기울어가는 시골 흙집 담장을 허물고 나서
나는 큰 고을 영주가 되었다

■ 시

김규동

- 필명 김재엽
- 1960년 강원도 영월 출생
- 창원기능대학, 창원대학교 대학원 졸업(문학박사)
- 삼성중공업 입사, 볼보건설기계코리아 근무 중

- 2002년 《한국문인》 등단
- 저서 『박용래 시 창작방법 연구』
- 시집 『전어』
- 2010년 창원기네스 선정(현직 노동자 최초 문학박사)
- 2010년 창원공단문화상 수상(문예 부문)
- 2014년 『좋은 시 2014 』《삶과꿈》에 시 「동동」 실림
- 2014년 공단창립 50주년기념 수기체험공모입선(한국산업단지공단)
- 이메일 : gyudong.kim@volvo.com

꿈 외 9편

김규동

살아있는
한
길에서
절대
눕지 않는다

지렁이는

능청

떵똥 인기척 경중대며 열어보니
활짝 꾸벅 지국장 신문 바꿔보란다
남들도 다 하는 일 갈아보죠 이참에

중앙지 기본 깔고 개평으로 지방지
상품권 얹어서 예닐곱 달 공짜라니
넝쿨째 굴러온 호박 시치미 뚝 떼면서

손가락 짚어보며 이해득실 따지니
밑지는 일 아닌데 창피해서 어쩌나
신청서 냉큼 써 주고 돌아서서 웃는다

동동

올챙이 철들면
쌀나무 밭에서 피를 솎았지
그 끝에
침 퇴퇴 뱉어서 개구릴 잡았어
살금살금 풀 섶을 뒤지다
달락말락
멍머구리 콧잔등에 들이대고 놀렸지

개구리 동동 파리 동동
개구리 동동 파리 동동

꼴깍,
마른 침 넘기며 물을까 말까
벌렁,
울음주머니 키우며 삼킬까 말까
망설임 끝 콱 물면
얼른 낚아채 논두렁에
탁 패대기쳐 잡았지

뜬눈

    고뿔로 칼 퇴근한 나는 약기운에 누웠다 삐리릭 소리에 깼다 새벽길 헤치며 예배당 돌아온 아내가 자정을 밟고 퇴근을 했나보다 영업실적을 밤늦게까지 챙기고 저녁은 조개탕 집에서 야식으로 때운 채 고양이 세수 대충하고 서둘러 왔는데도 아내는 벌써 한밤중이다 진종일 업적 더하고 속내 **빼내**며 갈등 나누고 동행 곱하길 오죽했으랴 축 처진 온몸을 이리저리 더듬어도 여기저기 기척이 없다 너무 빨리 세상을 안 탓에 지름길 두고도 고생길 참 많이 돌았다 아내의 코 고는 소리에 뜬눈으로 하얗게 밤 새워도 난 싸다

맘대로

책상 위 손전화
떤다
모르는 번호다
드르륵
뜨르륵 떤다
옆 사람 볼까봐
눈치 보며
꽉 잡아
못 떨게 한다
뭐든지
생각대로
마음대로 된다
장남에게
시집도 가려서 온다
첫째 마다한 새댁들
젤 먼저
골라 낳았다
차남이다

불륜

오빠 동생 만나서
등 기대고
배 포개면
여보 당신 해야지
아들 낳고
딸 낳아도
오빠동생 한다면
누가 봐도
오두방정
콩깍지 불륜이다

속마음

입고
먹고
사는 일
안 해본 사람들

명품은 무슨 입으면 다 똑같지
고기는 돼지고기가 젤 맛있어
공짜로 준대도 큰 평순 못살아

예나
지금이나
못 먹는 감 찔러보면
진다

손전화

발걸음만
엉덩이만
눈망울만

멎으면 닿으면 굴리면

서자마자
앉자마자
보자마자

본다. 민다. 누른다.

지렁이

온새미로
포장길 위

죄면
볕에 여물고
풀면
빛에 영글어

오그라지고
쪼그라지고

나는 장삿날
누군 잔칫날

평창강

여울목
깜박 졸면
배꼽 세운
짱돌들

딸년
앞세우던
갈볕 쬐기
내기하고

갈겨니
단풍잎 엮어
꽃물금침
잠자리

김종원

• 1960년 울산 출생
• 서울사이버대학교 석사과정

• 1986년 《詩人》으로 등단
• 한국작가회의 울산지회 이사
• 시집 『흐르는 것은 아름답다』
• SK에너지 근무
• 이메일 : jwon1913@nate.com

어둠이 깊을수록 더욱 빛나는 별같이 살라하고 외 9편
— 어물리 마애여래불상 앞에서

김종원

아름다움이란 때론 드러내지 않는
소박함에 있는지도 모를 일이다.
때론 거센 바람 슬쩍 피해 서기도 하고
때론 달빛에 젖기도 하면서
또 때론 모진 비바람 가슴으로
턱 버티기도 하면서
화 내지 말라고, 조급하게 서두르지 말라고
초조해 하는 나무와 풀들, 달래기도 하면서.
어둠이 깊을수록 더욱 빛나는 별같이
살라고 한다.
손이 잘리고 발이 꺾이면 돌 틈, 바위틈, 더욱 깊이
뿌리를 내리고
온 산천 붉은 꽃으로 피어나는
진달래처럼 살라고 한다.
두 주먹 불끈 쥐기도 하면서.

낙엽

바람이 불었다

길바닥 위를
종종걸음 치며
달려가고
또 달려가고

바람이 불렀다

나의 의지는 그저 무의미한
집착일 뿐
바람이 불면 길 가장 자리로
밀리고
또 밀리고

어느 순간
바람이 멈추고
비로소 나는 그 자리에
멈추어 섰다

안도의 숨 깊이
몰아쉬며

신명리에서 · 2

그 해 겨울은 참으로 추웠다
옷깃을 여미고 여며도
칼바람보다
매서운 기세로
가슴을 파고드는 허전함이
자꾸만 어깨를 움츠리게 하고
쏴아 쏴아 끝없이
밀려와 서러움
토해 내며 한바탕 울부짖다 지쳐
돌아 간 빈 자리에
철없는 까만 눈동자들만 남아
하얗게 조잘조잘
멀어져 가고
슬퍼할 틈도 없이
바람이 얼굴을
할퀴고 간다.
아무도
더는 남아 있지 않는
바닷가
그 해 겨울은 그렇게 저물어 갔다

신명리에서 · 3

누군가 나를 부른다.

돌아보면
그저 어둠 뿐

누군가 한바탕 흐느껴 울다
웃는다.
점점 어둠은 깊어 가고
어둠에 온전히 젖지도 못한 나는
불안한 자세를 하고 선체
혹시 이 어둠 속에서도
꽃은 필까?
헛된 상상을 해 본다.

그래 세상 일 이란 게
늘 그런 거라고
체념할 수만 있다면
꽃은 항상 그 자리에 선체로 아름다울 수 있을까.

순간 나의 얼굴을 스치며 한 줄기 바람이 지나 간다.
내가 미처 알지 못한
어둠 속 그 어디쯤에서
쏴 - 와아아-

쏴 - 와아아-
무리지어
수평선을 향해 달려가다

잊은 것이 있다는 듯 문득
되돌아와
처얼썩
나의 등에 업힌다.

장생포에서

—고래를 생각하며

이제는 오지 않을 거라고도 하고
더는 기다려도 아무 소용없다고도 하고
그렇게 조금씩 기다림에 지쳐
갈 때도
우리의 가슴 깊이 고래는 살아 있었다.
때론 푸른 파도 위를 솟아오르던 몸짓이 되고
또 때론 잔잔한 속삭임이 되고
그리고 또 때론 가슴 찡한 얼굴로
바다 저 깊은 곳에서 달려 나와
허허, 너털웃음이 되기도 하던
우리 유년의 꿈속에 살아 있던 고래는
한숨처럼 휘파람소리 내며
그물을 끌어 올리던 내 친구의 팔뚝에 깊이 패인
굵은 힘줄이 되기도 하고
물결 위에 흩어져 반짝반짝 빛나는
눈빛이 되기도 하고
가슴 뭉클한 사랑이 된

고래가 이제 오지 않는다고도 하고
다시는 만날 수 없을 거라고도 하고
스스로 울컥 슬퍼져
눈 감고
자꾸 먼 바다만 바라다본다.

이발을 하며

서투른 가위질에
가끔은 짜증을
내기도 하고
완강히 거부도 하지만
그래도 아비의
미안한 마음
다 알고 있는 듯
웃어 주는 아들에게
더 미안 하고
울컥 부끄러운
마음도 들지만
그래도 난시가
더욱 심해져
자꾸만 자세히
보려고 하면 할수록
더욱 흐릿해 지는
현실을
자르고 잘라
반듯하게 만들려는
의지로
오늘도 이발을 한다

이 깊은 가을에 나는 · 1

이제 미련을 버릴 때가 되었어요
못내 안타까워 손아귀 불끈 힘줄이 솟도록
움켜잡고만 살아 온 날들
이젠 메말라 버린 눈물마저도
훌훌 털어 버려야 해요
살면서 때론
버릴 것들 적당히
버릴 줄 아는 지혜가 필요 하다는
것은
알지만
무거워요. 지난 세월의
온갖 자잘한 이별 그리고
더러는 너무 커
감당하기조차
어려운 날들
가슴 속에 담아 둔
세월의 무게보다
차마 버릴 수 없어 꼭꼭
움켜잡은
부질없는 안타까움들
어둠보다 더 깊은 공포에
질린 얼굴로 바라보던 별들.
시간이 지날수록

더 선명해지는
기억들
한 순간
가슴을 뒤흔들어 놓던
여름날 폭풍우 같은
푸르디 푸른 시간들 다
내려놓고
가벼운 마음으로
긴 겨울 견디어
새 생명으로 거듭나는
저 나무들처럼
이제 그만
미련을 버려요. 새로움을 위하여

이 깊은 가을에 나는 · 3

세상일이란 게 어디
자기의
의지만으로
되는 것이
얼마나 되냐고

한사코
손사래를 친다.
아니야
아니야
그렇게 붙들고만
있으면
어쩔거냐고
더러는
내려놓을 줄도 알아라
한다.

여름내 엉키고 엉켜
누가 누구인지도
모르게
살아 왔지만
뿌리의 힘줄에 기대어 자란
잎은 떨어져

겨우내
뿌리를 키우고 키워
새봄을 준비
하듯이

그렇게
아무 욕심 없이
빈 가슴으로
새 날을 맞으라 한다.
버리면서
비로소 새로워지라고
한다.
이 깊은 가을에 나무가
나에게.

아버지 · 1

아버지께서는
동네에서 제일 먼저
논에 나가시고

동네에서
가장 늦게
집으로 돌아 오셨다.

산골 동네라 어둠이 채 가시지 않은
첫 새벽에
동네 뒤 산길을 넘어 가
버스를 타고
등교를 해야 했던 자식들이
잠이 들깬 눈으로 집을 나설 때

아버지께서는

쇠 꼴 한 짐 가득 지고
오셨다.

사춘기였던 나의 고민과
아들에 대한 아버지의 염려가

늘 평행선일 때도 있었고

서로 가슴 속 이야기 제대로 다
하지 못했지만

아직도
혼자 하늘을 보며
아버지 부르면
가슴 속 깊숙이 뭉클한
그리움이 됩니다

새벽 7번 국도를 따라가다

새벽2시 30분
집을 나선다.
설레는 마음으로 7번 국도를 따라
어둠 깊숙이 파고드는 헤드라이트 불빛을 향해
간다.
저 어둠의 끝 어디쯤
손 내밀면
분명 잡아 줄
사람이 거기 있을 거라는
믿음이 있기에

이 이른 새벽
텅 빈 어둠 속을
앞 만 보고 달려간다.

살아가면서
누군가 반가운 이를 만나러
집을 나설 때의
기대와 설레임은
언제나
작은 희망이 된다.

나는 오늘 새벽 마음속 두려움 걱정 다 내려놓고
이른 새벽 7번 국도를 따라 간다

박 철

- 1960년 전남 진도 출생
- 국립인천대학교 무역학과, 인하대학교 경영대학원 수료
- 인경라이온스클럽 회장역임, 4구역 2지대 지대위원장 역임
- 인일여자고등학교 학교 운영위원장 역임
- 인천시 인문계고등학교 운영위원장모임 회장 역임
- 부산기기계공업고등학교 재경인천동문회 회장역임
- 인천대학교 총동문회 부회장. 인하대학교 총 동문회 자문위원
- 제물포천주교회 대건회 회장 역임. M.E 대표부부 역임
- 평신도 협의회 부회장 . 천주교 인천교구 사회복지활동가
- 한마음 잔치 추진위원장
- 숭의2구역 재개발 추진위원회 위원장 직무대행
- 새얼문화재단 회원
- 한국자유총연맹인천남구지구 숭의4동 위원장

- 《순수문예》 신인상 등단
- 자유문예 창작대학 교수 역임
- 시집 『그림자 놀이』『예수가 죽어가고 있다』
- 이메일 : parkchul5279@naver.com

물이 흐른다 외 9편

박 철

나로호의 굉음이 하늘을 날고
아이의 눈동자
환희로 다가오고
하늘 속에 갇힌 연기 자국이
아이의 가슴에서 숨을 쉰다

물이 흐른다
흐르는 물속에 떠다니는 먼지가
생의 모든 것을 싣고 간다

얻은 것은 없고 잃은 것도 없이
흐르는 물속에서 숨 쉬며 유영한다

자노아

물오른 나무 가지
보송보송한 솜사탕
탱탱한 머리 내밀고
불끈 솟은 목두채(木頭菜)

강원도 산골 계곡 타고 올라
하늘만 보는 너와집 댓돌에 앉아
어 여~ 묶어!
주먹코 벌름거리며 흙 묻은 손 쓱싹

몸에 좋은~겨~
정감어린 촌로의 목소리 담아
한입 베어 문다

쌉싸래한 맛
사박사박 씹히는 질감
향기에 취하고
정에 몸이 녹는다

지난겨울 숨겨 둔
바지 속 정기가
너와 함께 흐른다

*자노아 : 늙은 까마귀의 발톱을 닮았다는 뜻의 두릅

예수가 오다

정오 12시
제물포에서 종각으로 간다
전철 안 멋진 남자가 외친다

"죽었다가 살아난 사람은 예수 밖에 없다
할렐루아! 예수를 믿으시오"

젊은 총각이 "흥"
콧방귀를 뀐다

노인이 외친다
"좆까지 마라 죽었다가 살아난 것은
내 좆뿐이 없더라"

전철 안은 웃음바다
누가 이긴 게임일까?

멀리서 터벅터벅 다가온 장애인이
손을 내민다

예수가 살아 돌아온 것일까?
그림자 속 스쳐가는 사람이 보인다

슬그머니 지폐 한 장 접어서
빈 깡통에 던진다

타고 내리는 사람사이
예수의 그림자를 따라 잡는다

예수가 온다
예수가 간다
종일 예수님이 머물러 있다

노래 한 곡 하고 싶다

― 단내성지

와룡산 기슭
넓은 들판에 흐르는 시냇물 보고
먼 옛날 순교자들의
험난한 여정을 본다

울창한 숲속
계곡 따라 흐르는 물

님의 피 눈물과 함께 섞여
붉게 물들어 흐른다

여기 저기 피어난 들꽃
님들의 얼굴처럼
환하게 마음을 사로잡는다.

산새들의 노랫소리
님들의
순교의 외침으로
울려 퍼지고

님의 순교가
가정성화의 귀감이 되어
오늘

나와 내 자식 간의 인연으로
정을 통해
흐르는 것이다

검은 바위와 굴 바위의 전설이
안개속 조용히 내리는
이슬비 되어
촉촉히 마음을 적신다

님과 내가
하나가 되는 십자가의
기도소리가
투우웅 투우웅

큰 북소리가 되어 가슴을 때린다

아!!!!
내가
단내 성지에서
님을 위한
노래를 한 곡 하고 싶다.

제물포 노점상을 보면서

윙~윙-
힘겹게 돌고 있는 선풍기 앞
몸집 큰 할머니 졸고 있다

참새 한 마리
좌판 위 기웃 거리고
조잘 조잘 오랜 친구처럼 한참을 선문답 한다

삶의 흔적
고스란히 그려진 얼굴
이제 미소를 보아야 한다

담장 넘어 담쟁이 넝쿨 기웃 거리고
새마을 운동 때 심은 무궁화
무궁화 꽃이 피었습니다.

주민세도 꼬박 꼬박 내고 있습니다
좌판세도 매일 매일 내고 있습니다
돈 많은 양반
세금 못낸 이유기 뭔지 모릅니다

한줌의 좁쌀을 팔아도
할머니의 좌판은 늘 풍성 합니다

주름진 얼굴사이로
땀방울이 흘러내립니다

시원한 바람이라도
한 줄기 불어
할머니의 얼굴에 주름이 펴졌으면 합니다

오늘은 정말 무더운
하루였습니다

꼬막

어머니의 맛
소쿠리 가득 담아
허겁지겁 허기 달래며 까먹던
간간하고 쫄깃쫄깃하면서 질기지 않던 낭글낭글한 맛
어머니의 가슴에 묻혀 잉태하여 빚어낸 맛
싱싱하면서 알큰하기도 하고
비릿한 갯내음 코로 올라오는 맛

어머니의 손길로
야들야들 부드러우면서
여린 탄력으로 다가오는
섬세하고 미묘하다 못해 알싸한 맛

움 추린 어깨 붙잡고
시린 손 불며 까먹던
신비의 그 맛

꿈을 꾸다

시간의 흐름이 무시되고
존재도 무의미
인간이 정한 날 2009년 1월

지구별 어느 조그만 거실
꿈을 꾼다

태양광선이 억년의 시간을 태우고
소멸 하면
진흙에서 태동한 생명이
몇 억년을 진화해
모두 훌쩍 떠난다

물고기는 뭍에서
활보하고
바다는 이미 사막이다

인간의 꿈도 상실되고
믿음도 없고
사라져 버린 생물체는
화석으로 남고

창조는 이제 부터다

지구 시간의 갈무리
왕은 없다

무수리만 존재 할뿐
인간이 만물의 영장이라고 하는 것은
교만이다

물이 흐른다
물이 흐른다
흐르는 물속에 유영하는
청자 빛 고려자기가 숨을 쉰다

물이 흐른다
흐르는 물속에 어릴 적 꿈, 피어나
자궁 속 고향으로 향하는
물고기 되어 아가미로 숨을 쉰다

물이 흐른다
섬이 바다로 떠다니고
섬 속에 바다가 갇혀

헐떡이는 섬을 바람의 날개로
숨을 쉰다.

희망 – 나는 새

동트는 새벽녘
한 마리 새가 날다
어둠 속
빛으로 선을 그으며
금빛 날갯짓 한다

지난 어둠의 시간
연보라 빛 안개
저편으로 사라지고

여명의 시간은
희망이다

새가 난다
햇살 가득 담은 날개로
맑은 바람 가르며

언덕 저편으로
보일 듯 말듯 날아간다

노을이 짙어
긴 밤은 이어 가고

새 아침
잉태하는 시간

나는 새
희망이다

공허한 시간

홀로 앉아 술을 마신다
암갈색 음악 한 모금
술술 넘어 간다

어느 순간 하늘을 난다
하늘도 흘러가고
땅도 돌고
오징어 한 마리 발악한다

동해 바닷물이 흘러나오고
백두산 천지가 움직이는 시간
시간이 조금씩 녹고 있다

술시는
술
술
흘러내린다

술꾼의 인생

서산에 지는 해가 산봉우리에 부딪혀
빨갛게 멍이 들고 아쉬움에 소나무 가지 걸터
쉬어 보지만 야속한 님처럼 사라지고
술꾼은 어슬렁 어슬렁
참새처럼 방앗간으로 흘러 흘러간다

기뻐도 술을 마시고 슬퍼도 술을 마시고
기다리다 지쳐 쓰러져 술병이 빌 때 까지 술을 마신다

술병이 비어도 술을 마시고
술이 없으면 기쁨과 슬픔으로 잔을 채워 가슴으로 마신다

해가 뜨고 해가 지고 달이 오르고 비가 내리고 눈이 오더라도
술판은 이어지고 그리운 님 은 술잔 속에 고요히 남아 있다

배우도 관객도 이방인도 한마음으로 만나서 어우러진 한마당
술꾼은 스스로 주연이 되어 혼자만의 세상을 꿈꾼다

선악도 없다 가벼움과 무거움도 없다
가진 것도 없고 크고 작음도 없이 무심코 가운데로 흘러 갈 뿐이다

잔이 넘쳐흐르면 세상과 통하고
잔이 부족하면 자연과 벗 삼은 태평세월을 누가 알까?

도솔천 건너 극락에서 꽃피는 산골 꽃동네에서
바다향기 그윽한 갯마을에서 넘치는 술잔에 꽃잎 띄우고

달콤한 밀어에 사탕타령도 한잔 술에 잊혀져 버린
술꾼의 인생은 구름같이 떠돌다 어디론가 흘러간다

■시

정원석

- 1960년 경남 거창 출생
- 동아대학교 및 동 대학원 공학박사
- 한라산업(주) 연구소장
- (주)한라이비텍 대표이사
- 대한전기학회 정회원
- 한국레이저가공학회 기술위원
- 한국고에너지연구회 전문위원
- 한국핵융합가속기진흥협회 회원

- 《시와 수필》 신인문학상 등단
- 시집 『세월이 머무는 길목』

- 이메일 : sjung@ebwel.com

비의 노래 외 9편

정원석

차가운 가슴 녹이며
후드득 떨어지는 비
지친 오후를 적시며 다가와
닫혀 있는 침묵의 문을 연다

잊고 지낸 친구의 수다처럼
우루루 몰려와서는
이곳저곳 뛰어다니며
쉬지 않고 떠드는 비의 노래

기다림의 끝을 붙잡고
찾아온 빗줄기가 가져온 선물
양철 지붕 두드려
들려주는 사랑의 하모니

촉석루

푸른 기개는 하늘을 찌르고
아스라이 절벽을 끌어 올리고 선
장엄하고 아름다운 모습
만대를 두고 우러러야 할 자태건만
피 묻은 처마 끝에 어려
통곡하는 역사의 근저엔
포악하고 더러운 생태를 가진
왜놈들이 깔려 있다.

한 스린 한 여인의 염원마저도
죽여도 시원찮을 도적의 추한 몰골
저 누대의 기초석에 아로새기고
이 천 년의 풍상을 견디는 것보다
쓰라린 아픔을 반추하는 왜놈들
그 시체 겹겹이 쌓아 딛고 선
인고의 모진 세월
불같이 일어나는 원한 맺힌 저주.

꽃피고 지는 계절의 흐름도 잊고
언덕 위를 지키고 있는 촉석루
달 밝은 밤 오죽을 스치는 바람결에
놀란 가슴 움츠리며 일어나
수심에 찬 칼날 곧추 세우고

장탄식 휘저음이 지축을 흔드나니
끝나지 않은 애증의 깊은 골
저 아래 떠가는 유등까지 울린다.

사랑

한 줄기 흘러내린 불빛 따라
정처 없이 헤매는 마음
그대 향한 프리즘 지나
변함없는 굴절의 나침반
가슴 한 가운데를 꿰뚫은
범접하지 못할 나르키소스

지는 해 바라보다
빠져버린 동경 속의 이상향
그대에게로 향하던 시선
툭 떨어지는 허무함이 밀려오지만
보이지 않는 지표 아래를 달려
찬란한 부상을 향하고 있다

이슬 맺힌 영롱한 풀꽃 사이로
반짝이는 물결 위에 비친 모습
가슴에 품고 가야 할
한결 같은 순백의 사랑
은혜로운 삶의 자화상
세상을 일깨우는 영원한 숨결

부름트기

참았던 입술
살포시 열어
송올송올 쏟아내는
꿈 속 별 빛

하늘 열리고
빛나는 태양의 환영
설렘 속에 나서는
꽃술의 외출

첫 눈 사랑에
가슴 파고드는 향기
감출 수 없는 유혹
나락에 겹친 혼미

봄비 맞으며

부드럽게 흩어지는 물방울
허공을 떠다니다
처마 끝에 맺혀 떨어진다.

톡 떨어진 자리에
작은 연못 생기고
녹아내린 땅거죽에 꽃잎 남긴다.

촉촉이 젖어가는 새싹처럼
숨 못 쉬는 그리움은 커져 가고
안개 속에 잠긴 허상만 바라본다.

희미한 기억 속의 한 모퉁이에서
기약 없는 기다림 속의 그림자
불러서 닳아진 모습인데

부르짖는 몸짓보다
갈 곳 못 찾은 마음의 생채기
비에 씻겨 땅 속으로 스며든다.

매화

그윽한 향기 품어
영롱한 꽃잎 펼치며
부서지는 달빛 아래
서산마루 기대 선
주막집 여인 같은 자태
시인 묵객의 천 년 사랑

그리움 품고 웅크린 나날
망각의 여울로 보내고
이제 막 마음 열었을 뿐인데
불식간 떠나야 하는
슬픈 교차로 위의 속사
짧은 만남을 위한 침묵은
차라리 행복한 기다림

떠나보내고 돌아선
텅 빈 공간 속의 시간
지워지지 않는 잔상
마디마디 맺힌 속삭임
그 그늘 아래 숨어들어
다시 태어나 영원히 남을
사랑의 결실

눈 내리는 아침

에스프레소 향기 낮게 깔린
조그만 창가에
유유히 떠다니는 눈송이
무심코 지나친 날에 남겨둘
아픈 기억을 묻으며
저만치 떨어져 앉는다

하얀 꽃잎에 갇혀
대지를 떠돌던 허상
채곡채곡 쌓인 솜사탕 속으로
깊은 동면에 들면
넝마처럼 헝클어진 마음
그 아래로 찾아든다

다하지 못한 말들
가지 끝에 맺힌 얼음조각처럼
송이송이 차갑게 식어 가지만
눈꽃보다 짙은 그리움
뜨거운 가슴에 눈물 되어
뜨락으로 녹아든다

흩어지는 눈발보다
더 간절한 마음 담아 보낸

상처 입은 겨울의 연서
언젠가 돌아올 그 날의 뒤안길에
풀잎의 새싹 솟아오르듯
지치지 않는 기약을 되새기며
다시 피어나리라

너에게로

창가에 쏟아지는 햇살
그 눈부신 빛줄기 속으로
너의 화사한 얼굴이 다가온다

파란 하늘가
몽실거리는 구름 너머로
네가 두고 온 미소가
아지랑이처럼 피어오른다

닿을 듯 말 듯 한 초원을 가로질러
바람결에 흔들리며
아스라이 지평선을 향한 오솔길
그 길 따라 핀 들꽃마다 스민
너의 숨결

가리라
고독한 어둠의 터널을 벗어나
사랑과 낭만이 넘쳐흐르는
저 고운 언덕길 너머
너의 낙원으로

나목

가지 떠난 잎새
대지의 품으로 잠들고
갈 곳 없는 나무에게
흰 눈 찾아와
아픈 가슴 달래준다

솜털 같은 눈꽃 아래
전해지는 눈먼 사랑
남겨진 그대의 체취
눈부시게 빛나는 보석되어
마디마디 달렸다

쏟아지는 순백의 침묵 속에
스치는 찬바람
뼈 속까지 얼어버린 동토 위에
홀로 선 나목
오직 기다림의 약속 하나로
내일의 문을 연다

그대 얼굴을 그리다

하얗게 토라진 유리창 위에
이름 석 자 적다 보니
저 너머 발그레 웃고 있는
너의 얼굴이 피어 오른다

아침 햇살에 반짝이는
꽃잎보다 붉은 볼
오뚝 솟은 코에 봉긋한 입술
풀잎 위를 구르는 이슬 닮은
영롱한 눈동자여

손가락 따라 요리조리
내 마음대로 표정 짓는 예쁜 그 모습
시냇물처럼 조잘대며
하얀 이 드러내어 미소 짓는 모습까지
창가의 밀회는 끝날 줄 모른다

조양상

- 1960년 충남 광천 출생
- 경남대학교행정대학원 졸업(행정학석사)
- 삼성, 대우그룹 23년 재직
- (사)한국백혈병소아암협회 사무총장 역임
- 굿모닝시티쇼핑몰 대표이사 회장 역임
- 미국 Transocean감독관(시추선)

- 대한문학세계 시, 수필 등단
- (사)창작문학예술인협의회 이사
- 대한문인협회 사무국장, 부산경남지회장
- 계간 『시와소금』 운영위원
- 2012년 전국시인대회 금상 수상
- 시집 『연꽃에게』
- 수필집 『보람찬 옥포만』 외 17권
- 전자주소 : soaam1004@hanmail.net

새우잠 외 9편

조양상

그대 생각에 모로 누었습니다

시위처럼 굽은 인연이기에
꿈길마저도 아득히 먼 두름길입니다

칡넝쿨처럼 휘감지도
등나무처럼 가려 주지도 못한 옹졸한 가슴은
별빛에도 시려 마냥 움츠려만 듭니다

뒤척이던 밤마다
서성거린 뒤안길에서는 잠 못 이루는
노루, 괭이, 토끼들 선잠만 깨웠습니다

부질없다 부질없다고
부지깽이로 군불 토닥이며 돌아 누었지만
그대 꽃잠 늴 아랫목을 또 어느새 비워 둡니다

그대 생각에 이 밤도 모로 누었습니다

겨울비

귀한 인연이란
스며들어 적셔준 그만큼이더라

한 때는 시린 가슴일까 봐
명주고름 당기듯 소복이 품으려고,
달무리에 별빛 가득 찬 밤이면
눈길마저 옴폭하게 만든 그곳으로
휘날리고 싶어 안달이었다

진눈깨비로 질척거리다
그만 미끄러져 절룩거리고
성근 싸라기로 창문 두드리다
서러워 그만, 우두둑 쏟아 낸
그런 내가 얄미워 참, 부끄러웠다

빙점마다 서성이며
글썽거린 눈물이라서
그대 그림자 저편 잔설도
머지않아 목련꽃 무더기로 피어나리라

참사랑이란
촉촉이 적셔준 그만큼 여울지더라

쑥부쟁이

절절히 필요한 너만큼
나 소용없어 빈들에 핀다

구구절절 애틋하여
겹겹이 흐드러지고
당신에게 쓸모없을지라도
내 가슴은 늘 자색 하늘 불쟁이

두 눈이 퀭할 만큼
서로 멍들이고 여태 애태워야
소용도 선용도 넋마저도
쑥 빠져 애용하는 인연이라서

갈 빛 서린 사향 나무 숲
무서리 내린 산등성이마다
상처 덧난 사슴 눈물이 피운
민저고리 그리움 꽃 지천이다

너에게 소용없는 나만큼
그대 절절히 내 가슴에 핀다

오륙도

채우면 다섯 섬,
비우면 여섯 섬마을
물안개 산수 선생님이다

해무 짙어 자욱하면
한낮도 깜깜한 오밤중이고
산마루 구름처럼 흘러가면
숨 고르는 깔딱고개 육십령이다

섬기어 낮추면 훤히 보이고
업신여겨 깔보면 잠기어 숨는
독수리 솔 송곳 물어 나는
부상(扶桑) 저편 방패섬이라서

그대와 나 또한
넘치고 싶은 오지랖 홀로 섬
넘실거리는 바다의 목멘 육자배기다

동백꽃

시리도록
그리워서 동동
봉오리 채
바치고 싶어 백백

외로울수록
짙푸른 이파리
서러울수록
핏빛 서린 꽃 입술

시련은 수덕 수덕
철 들어 사람을 키우고
눈보라는 소복소복
참꽃을 가린다고

초동(初冬), 동박새가 울고 간
수미산 도솔천 언저리에
끝내, 화등(花燈) 밝히지 못해
뭉클 뭉클 흐드러진 산다화

너에게 가는 길

너에게 길을 묻는다

이슬 젖은 내 발길이
몇 번이나 들꽃 배웅해야
길섶에 대롱 긴 금낭화 피고
돌밭 가시덤불 기다림에 터진
머루 다래가 머뭇머뭇 반길까

바람이 구름 앞세운 밤하늘
미리내 별길 따라 달꽃이 지고
구슬포구 심천(心川) 비탈길에
솟대 가려줄 물안개 피어날까

손 내밀어 손목 잡으라 손금있고
돌아서면 뗏장풀도 발목 잡는데
사람이 나침반, 사랑이 이정표이니
여로의 숲, 너에게 두레길 내리라

사람이 이 세상 길이라서
그대 내 평생의 신작로이고
사랑이 나그네 두름길이라서
영혼이 그리움 따라 숲길 서성인다

늘 내가 가야 할 길, 그대로다

미래사 풍경소리

달아 공원 지나
미륵산 저편 기슭에 서면
익어가는 홍시 연등마저
잔잔히 귀 기울이는 소리

삐꺽 삐거덕,
사바의 노 젓는 소리
범종과 목탁이 잠재우면
대나무 숲 스치어 온 바람이
두견마저 달래고 싶어서
앞장세운 달빛이던가?

섬섬옥수 인연이란
멀리 있어도 긴 울림
흔들어 맥놀이 공명 여운으로
가슴 속 산사에 메아리치고 머물러야
자비로운 사랑, 귀의라고

덜그렁 백팔번뇌
달그랑 우담바라
무량수전 용마루 밑
산에 오른 푸른 물고기
바람 흔들어 은은하더라

*미래사 : 경남 통영시 산양도 미륵산에 있는 오래된 절.

빈털터리

시린 하늘아!
너는 누구에게
파란 마음 쏟아 붇고
잿빛 묵은 솜이불 깔았니?

자작나무 숲아!
너는 어느 바람골에서
갈쌍한 눈물 글썽이다
온몸에 마른버짐 허옇게 피었니?

주머니도, 심장도, 넋마저도
오롯이 바치고 싶은 그대였거늘
끝내, 목매달지 못해 실성한
외눈박이 쪽박사랑, 떠도는 그리움

새털구름아!
너는 누구를 찾아 헤매다
뭉클한 가슴 뭉텅뭉텅 헤져
빈들 소복으로 소복이 쌓이더냐!

산 그림자

내 인연의 그림자는
누구의 가슴에 그늘 드리웠을까?

어스름 땅거미 밀려드는 저물녘,
붉은 노을이 아리도록 가슴 물 들이면
산마루마다 꿈길 마중 나서는 그림자

서러움이 기대선 응달이라서
두견이 울면 그 품에 기러기도 날아오고
산골짜기마다 온종일 기다린 청노루 뒤척이면
여울목 건너와 살며시 보듬는 따습고 너른 품

가을이 깊어 가면 선들이 만산홍엽 요 깔고
동지 밤이면 곰솔 초병이 휘파람 불어 깨운
야윈 그믐달이 안개꽃 뭉개 이불 갤 여명까지
그대의 화로 되고 싶어 참숯 빛깔만 먹먹하다

내 사랑의 저린 그리움은
어느 산등성이 달그림자로 글썽이려나

사랑의 죄

이 세상 가장 큰 죄와
지독한 형벌은 사랑 같아요

사랑 때문에 시름시름 앓다가
그 보속으로 목숨마저 버린 이들이
형장의 이슬보다 더 많으니 말입니다

그대 마음을 빼앗지도 않았는데
이 생명 다 바치지 못해 안달이고
당신의 영혼을 훔치지도 못했는데
가슴이 저린 것도 죄인이라서 그렇지요

잊지 못해 새우잠으로 지새우는 벌
그 어디에도 정처 없어 떠도는 유배
당달봉사 귀머거리 되어 가슴 치는 태형
앉으나 서나 끝없는 무기 징역살이 그리움

그대 내 영혼의 주인이라서
죄 없는 죄수 이마에 공소시효도 없는
사랑이라는 주홍글씨 죄명 새기고
겨울 긴긴밤 빈 바람소리에 늘 벌섭니다

사랑이라는 무심하고 시린 죄로
이 세상은 그렇게 거듭나나 봐요

■시

조충호

· 1960년 충남 논산출생
· 방송통신대학교 경영학과 졸업

· 삼풍하이테크 대표이사
· 기능올림픽위원회 심사위원
· 부산기계공고 총동문회 부회장, 동기회장
· 동아대학교 산학협력연구센터 기술위원
· 국학운동시민연합 위원
· 철탑산업훈장 수상
· 시문학창작 동인

· 이메일 : sphicch@kornet.net

밤낚시 외 9편

조충호

기다림에 지친 하늘
먹구름 대신 갈매기가 운다

고개를 들어보면
달그림자에 드리우는
수많은 사연, 그리운 얼굴들

생선 입감만도 못한
내 꿈의 낚싯바늘을 물고
인연의 오랏줄을 부여잡아 준
친구들 연인들 내 식솔들

나도 그들의 어망에
검푸른 지느러미 내두르고
두고두고 되새길 무용담 되려면
도솔천 깊은 곳으로 배를 몰아야지

밤새운 낚싯줄에
붉은 태양이 낚여 이글거린다

멍에

한 때는 나도
문학 소년이었습니다

두 어깨를 짓누른 가난 때문에
경쟁에서 지기 싫은 욕심 때문에
글로는 형언할 수 없는 사랑 때문에
그 길을 돌아서야 했습니다

갈바람에 흩날린 홀씨처럼
내 마음 밭에 움트지 못한 시어들이
이리저리 방황할 때마다
가슴에는 숭숭 바람 들어
갈대 서성이는 밤 서릿발 내리고

세상 밭갈이 하고 싶었던
쟁기도 녹슬어 무디어지니
이제 먹향 글 씨앗 끄적여서
여미는 가슴 달래어 보내렵니다
쓰라린 가슴 쓸어 내리렵니다

배필

마주 보고 누어서 마누라인데
이제는 뒷모습 기댈 등받이이다
젊어서는 장미꽃 향기가 물씬 했는데
불혹 지나자 곰삭은 차향이다

내가 벙어리로 살아서
산방에 도란도란 들꽃 피우고
내가 차가운 목석이라서
우담바라 바람꽃 기다리는 마음

먹구름이 햇살 가려야
낮달이 뒤따르는 줄 알고
아궁이가 차갑게 식어야
식구들 가슴도 텅 빈들인 걸

집안의 해라서 아내라던데
어두운 밤 소쩍새로 지새우다
부뚜막 시렁에 소금 단지처럼
식솔들 밤길 비추는 달그림자

그대 얼굴

구름 사이로
따사로운 햇살
환한 그대 얼굴 내민다

어둠이 어스름 내리면
산등성이 떠오르는 미소
싱그러운 당신 달빛 은은하다

사람이 세상의 꽃이고
사랑이 세상살이 거울이라서
얼이 꽃으로 피어 머무는 산골짜기

오늘도 바람은
그대 향기 전하고 싶어
내 창문을 가만히 흔든다

너무도 그리워서

그대가 너무도 그리워서
그대에게 달음박질치고 싶다

나의 진실한 사랑이
굳은 당신의 마음을 녹이고
당신 아픔을 어루만질 수 있다면
내 영혼을 모조리 태워서라도
천상의 사랑 나래를 펼치고 싶다

누군가 그리워
하얀 밤을 지새우고
눈이 시리도록 보고 싶은 것도
애달파 가슴 졸이는 기다림도
사랑의 축복이고 선물이라서

그대 생각으로
그대 그리움만으로
내 가슴 숯덩이 되도록 태워
그대 아랫목 덥혀주면 좋겠다

망년회

알코올 냄새가 지린 홍등가
갈지자 들뜬 걸음걸이로
해운대 뒷골목을 누빈다

얼마만의 설렘인가
몇 해 만의 풋풋한 만남인가
왕년의 배짱이 두둑해지고
첫사랑 써니의 딸들이 깔깔거린다

화려한 네온사인에
눅눅한 시름 뽀송뽀송 말려야지
흥겨운 노래방 가락에
메말라 움츠러든 흥을 돋운다

잊을 건 잊으라던데
잊으려 할수록 더 그리우니 어쩌랴
망년회 핑계 대고 세월에 찝쩍거린다

사랑 울보

이제는 당신 두 눈에
눈물 고이지 않게 하렵니다

이미 퀭하도록 야윈 것은
그대 그 깊은 눈물샘에
내가 풍덩 빠졌기 때문이고

목메어 저린 슬픔에
화답하지 못한 내 가슴도
먹먹해 딸꾹질합니다

눈이 빠지도록
출렁출렁 평생 기다리면
아린 멍울도 도라지꽃으로
자색 쌉싸름하게 피어나겠지요

극과 극은 통해서
기쁘면 울고 너무 슬퍼도 웃습니다

출근길에

차창을 여니
싱그러운 햇살 머금은
새벽 공기가 상큼하다

하루를 시작하는 도심
광안대교 자동차 굉음도
아침을 깨우는 자명종이다

바로 앞 해운대 언저리
장산마루 봉우리에 옛 추억도
살포시 얼굴을 내민다

꿈길 서성이다
이슬만 털고 돌아와
담배 한 모금 품어내는
흘러간 세월과 인연

찬바람에 먼 길 달려올
일터 식솔들 더운 입김에
하얀 눈발마저 흩날려 상서롭다

어젯밤 거닌 발자국들
가슴앓이 한 따스운 입맞춤이
모닝커피 향으로 피어난다

사랑의 길

세상일은
힘든 만큼 소중하기에
그대가 힘들어해도 결코,
나는 당신 보낼 수 없습니다

지나고 보면
아름다웠던 날들 까마득해도
그대 젖은 눈가에 피었던 안개꽃이
내 가슴 언저리 그리움의 못자리니
아무리 지치고 힘든 여로일지라도
사랑의 담금질이라서 기쁩니다

그대를 위하는 길이라서
그대의 멍에 내 멍울로 떠안고
그대를 내 가슴에 품었으니
사랑의 슬픔도 이별의 아픔도
운명이라서 순명하렵니다

그대가 나에게 다가온
어둡고 험한 길이라서
그 길모퉁이에 저만치 앞장 서
인연의 등불 밝힙니다

만약에

만약에 나에게
잘못되는 일이 생기면
그대에게 짐이 된 내 사랑
거두고자 먼 길 떠났다
찾지 말고 잊으소서

만약에 그대에게
그런 날이 성큼 다가오면
눈물은 하염없이 흐르겠지만
내 봄비가 꽃 피우고 싶어
적신다고 위안 삼으소서

만약 그대가
이와 정반대로 떠날지라도
나보다 더 귀하게 받들어 섬길
사랑 찾아 떠났다고 가슴 아릴지라도
내 그리움마저 축복이라 기릴 것이니

만약에 우리가
나그넷길 마치고 돌아가
저승의 징검다리 건너갈 때
비 갠 하늘에 무지개 뜬다면
사랑의 여로였음을 기념하리다

한승수

• 1960년 충북 괴산 출생
• 동국대학교 교육대학원 졸업
• 현재, 고등학교 교사

• 시집 『콩나물 해장국을 먹으며』
• 전자주소 : hanbae87@hanmail.net

반송된 편지 외 9편

한승수

봄 언덕에서 가슴을 덥히던 사람

가을 나무 숲길에서
지는 나뭇잎 바라보다
사는 일은
한 계절 가슴을 덥히고
한 시절 마음을 덜어 내는 일이라고

떨어지는 낙엽을 바라보며
비어가는 나뭇가지 바라보다
미처 다 쓰지 못한 편지를
낙엽 한 장 주워 우표대신 붙이고
계절이 다가기 전 서둘러 부친다

가을 나무 그늘에서
아직 도착도 되지 않은 계절 편지가
반송되는 풍경을 바라보는 사람
등 뒤로 쓸쓸히 노을이 진다

동해로 날아간 새

아득한 기억은 바위가 되어
한 번의 들숨만으로 깊게 침묵하는 섬
바다가 처음 열리고
한발자국도 움직이지 않았다

날다보니 꽤 멀리 왔다
섬새가 된 날부터
고단한 바람에도 섬처럼 버텼다

밤새 뒤척이던 파도들
모른다, 모를리 없다고
제 몸으로 부딪쳐 울음 울던 날
바다는 근심이 깊어간다

돌아가지 못할 곳
흰옷 입은 사람들 소식 그리워
임진년 휘몰다 간 칼바람에
여린 몸속의 상처가 새롭게 아프다

가고픈 하늘에 바람이 일면
내 날개짓도 조금씩 세차지리니
긴 고독을 접고 앉은 자리엔
고향으로 지는 석양이 붉다

은행동 사거리의 청춘

어린 날
꼬박꼬박 모아둔
돼지저금통속의 동전들은
어느새 애벌레를 벗고
어디로 날아가고 있을까

끝이 보이지 않는
골목어귀를 기웃거리던
생채기 난 뭇별들이
푸르게 멍든 바람결을 따라
교회당 앞마당도 지나고
시장 어귀에 이르러서
뿌리째 뽑혀온 대파나
머리칼만 뽑혀온 파래묶음 같이
누군가의 빛바랜 꿈으로
좌판에 널브러져있다

이제 푸른 청춘 들은
보이지 않는 손길에
몇 장의 지폐와
거스름돈으로 팔려나가고
은행을 끼고 도는 사거리에는
욕망의 그림자만 길게 눕는다

부도난 미래에 기댄 청춘은
뭉텅뭉텅 바코드에 찍혀 나오고
태생도 알 수 없는 계좌번호에는
부채만이 쌓여
푸른 청춘의 시간은
더 이상 인출되지 않는다

오늘의 청춘은 적자
내일은 오늘대비 환율처럼
가치 있는 날이 될 수 있을까

잃어버린 꿈들은 비밀번호에 갇혀
가불되지 않는 사랑이나 꿈들이
대차대조표에서 지워지고
빈 통장에 남겨진 흔적에는
이자도 늘지 않는 시간들이
스멀스멀 기어 다닌다

대출되지 않는 청춘의 시간들은
지급불능의 금고에 갇혀
닿을 수없는 욕망만 키우고
저금리 시대의
박제된 미래들은

통잔 잔고에서
정기예금 같이 편안한 날들을
기다리는데
현금인출기에서는 더 이상
꿈이 대출되지 않는다

바라 건데
번호표를 받고
창구 앞에 서서
설익은 꿈의 옹알이들과
푸른 시간들을 저축하고
통장에 푸드득푸드득 찍혀 나오는
소리를 들으며 힘찬 날갯짓으로
푸른 하늘을 비행하는 청춘이기를

물안개

부러지거나
부서지지 않는,
다만 홀연히 와서
스스로 사위어가는,
그대 눈동자 속에 남아있는
그리움 같은

내 몸을 지나
먼 산기슭을 넘을 때까지
나는 그저 몸을 풀어헤치고
그대의 손길이 머문 자리를
여미고만 있었지요

시간이 강물처럼 흐르고
강물은 시간이 되어 흐르는
당신의 강가에는
하얀 그리움들이 스멀스멀 피어나
세상을 지우고 있습니다

숨은그림찾기

빙하기의 정점위로
새가 난다.
매운 추위를 털어내는 날개 짓
몸 하나 데우기도 힘에 부쳐
뼛속까지 스미는 한기
멀리 더 높이
한조각 열기 찾아
막연한 기대로 오르던 날들
밋밋한 하늘가에 뭉게구름처럼
모였다 흩어지는 권태들
가까이 있어도
다가갈 수 없는
안타까운 시간들이
하얀 성애로
깃 사이에 달라붙는다.

엇비슷한 시간들 사이로
오래전에 떠나간
닮은 사람들의 뒷모습 사이로
새어 나오는 뿌연 달빛들
빛바랜 사진들 사이에 남아있는
당신의 하얀 미소가
따뜻하게 살아나는 그 자리에

내 생의 절정이 숨어 있을까

가만히 드려다 봐도
그 사람이 그 사람 같은
그 시간이 그 시간 같은
떠나올 수 없는 시간과
떠나보낼 수 없는 사람과
이미 사라진 그리움 뒤에
보일 듯 보이지 않는 나와 너의 생(生)이
그림으로 맞춰질 수 있을까

살모사

길은
애당초 굽어있었다

구부러진 길 위에 놓은 생들은
선천적으로 굽은
에미의 슬픔을 먹고 태어났으므로
여분의 서러움을 머금고 살아간다

굽어진 길 위에서
몸을 뒤틀며 기어가야하는
숙명 같은 사랑노래 하나 부르며
에미의 쓰라린 가슴속에
독 오른 살모사의 혓바닥으로
왜 날 낳았느냐고!
한탄의 소리 되내이고

삶을 견디며 걸어간
에미의 그 곧고 아득한 길은
에미를 파먹고 살아온
나에게 천형이었다.

신장개업

강 건너 저편 수풀 속으로
스르르 스며드는,
물뱀 한 마리

저주 받은 삶에도
그리움은 남아
온 몸 통째로 강물에 던져
하늘을 향해 쓰는 회한의 단문
물결위에 겹쳐지는 물결 문자
끝내 마침표는 찍지 못했지

노오란 낮달이 해독하기도 전에
강물은 물결을 지우고

시장 입구 저편 사람들 속으로
자신의 생을 사달라고
아픈 생을 읽어달라고
신장개업 전단지에 온몸이 감긴 채
뱀의 서러운 몸짓을 전하는 그녀

허름한 건강원 수족관 안에 갇힌 뱀
흘깃거리며 지나가는 사람들 너머
물뱀같이 순한 그녀의 생이

해독되지 못한 채로
세상을 건너고 있다

봄날 일요일 아침

시간에 쫓기지 않는 일요일 아침은 이상스레 눈이 더 일찍 떠진다.

조금 더 게으름을 즐기다 거실 창문을 여니 햇살 가득 나를 감싼다.

햇살 넘어 창 밖에는 산수유와 개나리들의 노란색 축제가 한창이다.

문득 어린 시절 봄날 마당 한쪽에서 아장거리며 걷던 노란 병아리들이 생각난다.

그 작고 노란 병아리들을 보면서 단지 예쁘고 귀엽다는 생각을 넘어 주체할 수 없이 밀려들었던 감정의 단서를 찾아본다.

이제껏 살아온 세월을 밑천으로 그 감정을 뒤돌아보니 아마도 생명에 대한 경외심 같은 것이 아니었을까 생각된다.

봄날 세상은 온통 환희로 가득하다.

이곳저곳에서 들리는 생명의 소리들은 내 마음을 따사롭게 그리고 왠지 모를 설렘으로 가득하게 한다.

잠시 눈을 감고 삐약 거리며 작은 발걸음을 떼던 병아리의 종종거림을 떠올려 본다.

살아 있음은, 살아서 움직이는 것들은 얼마나 아름다운지.....

하물며 그런 생명을 잉태하고 기르는 어미닭은 또 얼마나 위대한가?

어린 날 알을 품고 있던 어미닭의 눈빛에는 무언지 모를 초조와 비밀스러움이 있다는 느낌을 받은 적이 있었다.

　아마도 모든 생명의 준비 과정에는 비밀스런 속앓이가 있지 않을까?

　개나리, 산수유의 노란 빛을 겨우내 숨겨 두었던 대지나,

　병아리가 깨어날 때까지 알을 품던 어미닭의 기다림 속에나,

　사랑하는 연인들의 속살거림 들은 모두 비밀스럽다.

　나는 이 봄 또 무엇을 위해 가슴 한켠 비밀의 방을 마련할거나?

　근 이십년 동안 봄과 함께 내 곁에 왔다가 제 갈 길을 찾아 떠난 아이들과 나 사이에도 그럴듯한 비밀 몇 개 정도는 가지고 있을까?

　새봄에 만난 사람들과 비밀스런 몸짓, 눈짓을 나누고 싶다.

사막여행

오늘은 사막에서의 낙타 사파리가 있는 날이다.

둘째가 열이 있어 밤새 긴장하고 잤더니 몸이 가볍지 않다.

약을 먹이고 다음 날은 식욕을 돋우기 위해 비상식량 컵라면을 먹이고 나서 출발하기로 결정했다.

짚을 타고 사막을 달려 낙타 사파리 장소에 도착하니 낙타들이 우리를 기다리고 있었다.

오는 도중 사막 중간 중간에도 마을이 있고 그 사이 사이에는 염소나 짐승들이 띄엄띄엄 나있는 푸른 나뭇잎들을 뜯어먹고 있었다.

사람들이 살아가는 방법도 기후나 환경에 따라 다양하게 이루어지고 있음을 볼 수 있었다.

낙타를 타고 사막을 가로지르는데 하늘은 끝없이 푸르고 들은 황량하기만 하다.

낙타의 긴 다리가 한 걸음 한 걸음 걸을 때마다 왠지 고단해 보였다.

황량한 사막에서 한 생을 보내는 낙타의 운명을 생각하다 한없이 눈물을 흘렸다.

낙타의 삶이 곧 내 아버지의 생과 너무 닮아 있고 나는 아버지의 등을 타고 황량한 사막을 건너 왔다는 생각이 들었다.

나 또한 오늘 아들과 함께 이 황량한 사막을 지나며 인생이 참 애닮다는 생각을 했다.

낙타의 눈빛에는 사막 생활을 통해 얻은 체념과 끈질긴 인내가 서글프게 담겨져 멍하니 먼 하늘만 바라보고 있다.

등은 굽어 자기 삶의 짐을 지고 살아가야 하는 거친 운명을 덤덤히 받아들이고 있으며 길게 늘어진 목은 왜 그리 처량하게 느껴지는지..

사막 중간에서 낙타를 끌어주는 사람들이 점심준비를 하고 있다.

그 긴 시간들을 낙타와 같은 삶을 살아가는 저들의 눈빛은 낙타의 눈빛과 많이 닮아 있다.

슬픈 인도는 모든 것을 체념하게 만드는 인간들의 음모 속에서 싹트고 커가는 것이 아닐까?

사막의 바람은 이렇게 시원한데 가슴속에 쌓이는 슬픔과 번민은 끝없이 이어진다.

인생은 저렇듯 사막 속을 걷는 낙타의 발걸음처럼 황량한 꿈을 찾아 떠나는 것일까?

아버지는 이 먼 이국하늘까지 나를 끌고 가시나보다. 낙타의 짧은 울음소리가 슬프게 들린다.

울음도 목 놓아 울지 못해 속으로 스며드는 듯한 슬픈 울음소리가 더욱 가슴을 아프게 한다.

약 2시간 동안 황량한 사막을 걷다보니 거대한 모래 언덕이 그림처럼 펼쳐진다.

처음 보는 아름다운 광경이다.

아름다운 경치를 보면 좋은 사람들 생각이 간절하다.

모래사막에 사랑하는 사람들의 이름을 새겨보았다.

이름을 쓰는 순간 보고 싶은 마음에 가슴이 울렁거렸다. 사는 일이 그리움을 쌓는 일이라는 생각이 들었다.

오늘의 해가 지평선 넘어 저물고 있다.

사막에서의 하룻밤이 기대와 걱정으로 가득하다.

낙타울음처럼 안으로 삼켜야만 했던 일들은 누구에게나 가슴속에 남아 슬픔이 되거나 고독이 되리라.

이 밤 나를 생각하고 있을 사람들을 기억하며 나로 인한 그들의 고독한 마음을 더듬어 보고 싶다.

둘째 애가 이 밤을 어떻게 보낼지 걱정이다.

잘 견뎌주길 기원해 본다.

첫째 놈이 생각보다 많이 강하다.

남들을 더 많이 수용할 수 있는 넓은 가슴으로 클 수 있는 기회가 되었으면 좋겠다.

일몰이다. 붉은 해가 갑자기 사라지고 세상이 적요하다.

해가 지듯 조용히 내 삶의 마지막 순간에도 저렇듯 사라지고 싶다.

해가 지면 하루가 가는 원시의 시간이 모래언덕 위에 별로 뜬다.

죽음 그 자연스러움에 대하여

좋아하는 후배로부터 아버님이 세상을 뜨셨다는 소식을 전해 들었다.

고향 어른이기도 하신 고인의 장례식에 참석하고 싶어 발인 전날 늦은 시간에 병원에 도착해 밤을 지새우고는 다음날 아침부터 고인의 마지막 가시는 길을 따라나섰다.

운구차를 따라 도착한 고향마을은 곳곳에 어린 날 나를 안아 주었던 낮 익은 모습으로 남아 나를 반겨주기도 했지만 내가 살던 집이나 뒷동산에 오르던 길들은 새롭고 낮 설어 나를 서글프게 했다. 멀리 보이는 앞산 군자산만이 여전히 그 자리에 근엄하고 단아한 자세로 내 어린 날의 고향을 지켜주고 있었다. 어린 날 방문을 열고 나오면 바로 마루가 있고 그 마루에 걸터앉으면 병풍처럼 펼쳐져있던 그 자태는 내 사는 날까지 나와함께 할 소중한 내속의 나이기도하다.

겨우내 빈 가지로 서 있던 나무들은 제 몸을 틔워 세상을 푸르게 채워가고 있다.

커다란 미루나무는 바람이 불때마다 살아있음을 확인하며 물결처럼 흔들리면서 서로 부대껴 소리를 내고 있다.

얼마 전까지만 해도 빈들이었던 들판에는 푸른 생명들이 농부들의 손길에서 살아나고 있다. 아버지 떠나신지 얼마 되지 않아서인지 장례식에 함께하는 동안 내내 마음 한 구석이 아리게 다가와 이런저런 생각들을 많이 하게 됐나보다.

장례식에 함께 하면서 어린 날 어렴풋한 기억들도 하나 둘 떠올랐다. 산 사람들의 부산함 속에는 슬픔과 애도 뿐 아니라 잊고 지내던 살아있음에 대한 확인 같은 것들도 있었다. 나 또한 살아있음을 잊어버리고 산지 오래된 느낌이다.

망자의 영정을 앞세운 영구차가 고인이 사시던 집에 도착해 한 차례 노제가 이어졌다. 가신 분의 영명과 집안사람들의 소망을 빌며 그 분의 숨결을 더듬고 있다. 산자들의 소망이란 자손들의 건강이나 안녕 같은 소박한 것들이었다. 그리고 보면 죽음 앞에서 삶이란 얼마나 간결하고 소박한 것인지...

마을을 떠나 장지로 가는 길에는 봄의 푸름이 가득하다. 저 푸르게 살아나는 들판은 지난 가을 자리를 물려주고 떠난 앞선 생명들의 자리 물림 덕이 아닐까 하는 생각이 머리를 스쳐지나간다. 사람들은 유독 인간의 죽음에만 공포와 어둠의 색깔을 덧입혀 삶에서 멀리 떨어트려 놓은 것이 아닐까?

모든 자연들이 사라지고 다시 태어나는 것이 저리도 자연스러운데...

시골 마을 어귀에서 영구차가 더 이상 들어갈 수 없게 되자 그곳에서 다시 한 번 노제가 이어지고 한편에는 상여가 꾸며지고 있다.

아름다운 원색들이 가신님의 마지막 집을 꾸미며 이별에 대한 애틋함과 산자들의 슬픔도 조금은 덜어내고 있다는 생각에 잠긴다.

마을 사람들도 바쁜 일손을 잠시 멈추고, 가시는 분에 대한 기억도 더듬고, 농사 얘기도 하며 오랜만에 만나는 사람들의 근황을 살피며 이곳저곳에 흩어져 얘기들을 나누고 있다.

어린 아이 하나는 제사상에 놓인 사과를 하나 들고는 즐거워하기도 한다. 마을의 장정들은 담배를 한 갑씩 나누며 장갑과 수건을 하나씩 손에 걸치고 상여를 멜 준비를 한다. 아직 문상을 하지 못한 동네 사람들은 노제 중에도 간간이 문상을 한다. 상여가 다 꾸며지고 하관할 시간이 바쁘다며 한 분이 준비를 서두른다. 요령을 급하게 흔들자 상여꾼들이 상여를 메고 급히 일어난다. 이어서 구성진 상여소리가 울리자 그 소리에 발맞추어 상여가 움직이기 시작한다. 구슬프게 골골이 울려 퍼지는 상여소리가 얼마나 자연스럽게 마음에 와 닿는지...

슬픔이 많은 사람의 마음은 위로해주고, 슬픔이 적은 사람들의 가슴에는 아련한 아픔이 스며들게 하는 저 구성진 리듬은 누가 만들었을까?

어허~ 어허~ 이제 가면 언제 오나 어허~ 어허~ ...

요령꾼은 상여 앞에서 망자의 떠나는 길을 편안하게 인도하는 축문을 실타래 풀 듯 자연스레 엮어 나간다. 얼마를 가자 작은 다리 하나가 나온다. 한 번 건너면 다시 돌아올 수 없는 다리라며 요령꾼은 마지막 가시는 분의 노잣돈을 핑계 삼아 장례식에 참석한 일가친척들 모두에게 인사를 하라고 한다. 요령꾼은 망자의 집안 내력을 모두 알고 있는 듯 했다. 참석한 한 사람 한사람의 관계를 부르면 상여를 맨 앞사람에게 돈이 든 봉투를 전하고 상여를 향해 인사를 한다. 한차례 의례를 통과한 상여는 다음 다리가 나올 때까지 상여소리에 발맞추어 마지막 장지를 향해 가고 있다.

다리 하나를 더 건너면서 앞에서 했던 절차를 다시 반복하고서 장지에 도착했다. 장지에는 이미 포크레인이 고인이 잠드실 자리를 준비해 놓고 있었고 마을 아주머니들은 음식 준비에 한창이다. 상여를 내려놓자마자 상여를 인도했던 그 요령꾼은 괭이를 들고 맨발로 묫자리에 들어가 기준을 잡고, 방향을 보며 잘 정돈된 바닥을 다시 한 번 정리한다. 장례식의 대부분은 요령꾼이 중심이 되고 나머지는 연기자에 불과해 보였다. 장례에 참석한 사람들 모두가 절차에 대해 한마디씩 하기는 하지만, 그 분의 말 한마디에 절차와 방법이 결정되고 만다. 아마도 장례식의 절차가 복잡해진 것은 마을마다에 있는 요령꾼들의 너스레가 하나씩 보태져서 생겨났으리라.

묘지를 정리하는 동안 그 옆에서 다시 노제가 이어지고 문상을 받기도 한다. 저 아래서 나이 좀 많이 드신 어르신 한 분이 숨차게 올라오신다. 망자와 오래된 친구라 하시며 향을 피우고 절을 하신 뒤 한참을 말없이 먼 곳을 바라보며 깊은 상념에 빠져 계신다. 함께 살았던 시간들이 꿈만 같이 느껴지는 것이 내게도 느껴진다.

아! 이 막막한 삶을 어떻게 살아야 할까? 내 사랑하는 사람들과 어떻게 나뭇잎 하나 지듯 자연스럽게 헤어질 수 있을까? 나도 상념에 젖어든다.

모실 곳이 정리되자 하관식이 이어진다. 지금까지 그래왔듯이 그 요령꾼은 모든 절차의 중심에서 유족들과 일을 돕는 사람들을 지휘하고 있다. 그곳에 참석한 모든 사람은 그 분의 말에 거의 절대적으로 복종했고, 그 모습은 마치 옛날 제사장의 모습을 떠올리기에 충분했다. 하관을 하면서 잔네비띠는 잠시 자리를 피하라고 명하자 못내 돌아서고 싶지 않은 표정으로 돌아서신 큰 형님의 뒷모습이 왠지 쓸쓸해 보였다. 동네사람 중 한 분도 원숭이띠라며 한쪽으로 자리를 피하신다. 그 요령꾼은 그 자리에서는 어떤 법이나 관습보다 위에 있는 카리스마를 가진 제사장 그 자체였다.

유족들이 흙을 한 삽씩 떠서 관 위에 뿌리며 "기토요"라고 말한다. 흙으로 돌아가는 분에 대한 마지막 정성인 것 같았다.

흙이 덮이고 상여꾼들은 긴 장대를 하나씩 들고 다시 구성진 가락과 함께 오른쪽으로 돌아가며 흙을 다진다.

요령군의 선창에 맞추어 어허 달구~ 어허 달구를 노래한다. 옛날 부족시대로 돌아가 어떤 종교행사를 보는 느낌이 들었다.

저편에서는 마을 사람들이 국을 끓이고, 식사를 하며 들판에 아무렇게나 앉아 사는 얘기들을 나누고 있다. 또 한쪽에서는 상여가 타고 있다. 고인만을 위해 한번만 사용되고 사라지는 저 원색의 상여와 흙으로 돌아가신 어른이나 푸른 잎을 다시 틔우는 봄의 새싹들이나 이렇게 어울려서 죽음도 삶의 한 과정임을 느끼게 하는 쓸쓸하고도 아름다운 풍경이었다. 들에는 이름 모를 꽃들이 가득하다. 꽃은 곧 떨어지고 꽃이 진 자리마다 어여쁜 열매들 가득 열겠지.

숲속에서 우는 산새소리가 맑게 들판을 지나고 나는 풀섶에서 찔레꽃 순을 따서 입에 문다. 향긋한 풀 냄새가 어린 날의 추억이 되어 아련하게 입속을 맴돌고 나 또한 나뭇잎 하나 지듯 자연스럽게 한 줌의 흙으로 돌아갈 그날을 그려본다.

■ 수필

권대근

- 경남 남해 출생
- 수필가, 문학평론가, 문학박사(동아대학교)
- 1988년 월간 《동양문학》 수필 등단,
- 1994년 월간 《문예사조》로 평론 등단
- 국제펜클럽 회원, 한국본격수필가협회 회장
- 부산수필학회 회장, 북구문인협회 회장 역임
- 제2회 한국바다문학상 본상 수상, 제5회 문예시대 작가상 본상
- 제2회 부산수필문학상 본상, 제1회 정과정문학상 수상
- 현재 대신대학원대학교 문학언어치료학 주임교수

- 저서 『현대수필창작론』, 『현대문학의 비평적 성찰』
  『누가 수필을 함부로 말하는가』 등 저서 다수
- 이메일 : essay88@hanmail.net

꿈꾸는 마추픽추

감천 태극도 마을을 찾은 것은 저녁 무렵이었다. 멀리서 바라본 마을은 아직도 가난하다. 옥녀봉 중턱을 가로질러 천마산으로 이어지는 산허리에 블록을 쌓은 듯 알록달록한 집들이 가득하다. 주위를 압도하는 큰 집 하나 없이 그저 고마고만한 작은 집들이 화려한 페인트를 걸쳐 입고 우두커니 감천항을 내려다본다. 바닷가 근처 넓은 사차선 도로에는 차들이 넘쳐나고 우뚝한 회색빛 공장들과 거대한 아파트가 위용을 자랑하건만 마을은 무사히 보낸 오늘에 감사하며 놀빛에 안겨있다.

문화마을이라 했던가. 잊어버린 칠팔십년 대의 기억을 찾아 사람들이 모여든다. 물고기 떼처럼 화살표도 떼로 몰려다닌다. 화살표가 안내하는 대로 태극길을 따라가니 문화의 흔적들이 눈길을 끈다. 80년대와 비교해볼 때 주민이 반으로 줄었다고 한다. 비어있는 집도 제법 있는데 그 집들에서 주워온 갓가지 폐품으로 벽걸이를 만들어 골목벽에 한가득 붙인 작품이 앞을 막는다. '염원'이란 이 작품에서 작가는 삶의 흔적을 표현하고 싶었을 게다. 밤낮으로 쓰던 콘센트며 깡통주둥이에 붙어있는 따깨며 단추 같은 눈에도 잘 띄지 않는 것들이 문화를 말하는 소중한 아이콘이 되었다.

문화란 거창하고 아름다운 것만은 아니지 않은가. 한동안 골목 문화에 매료된 여행가나 문화사가들이 한양의 뒷골목, 어디어디 주점 골목 등을 글의 테마로 삼아 눈길을 끈 적이 있었다. 골목이란 향수가 어린 곳이다. 하지만 태극도 마을의 골목은 골목이라 하기에는 뭔가 부족하다. 담과 담으로 싸인 곳, 담과 집의 벽으로 싸인 곳이 아닌 곳이 대부분이기에 하는 말이다. 방이 바로 길을 보고 있고 길에서 바로 방에 들어가는 형태의 길이 이어져 있다. 어느 집에서나 도란도란 말소리 새어나오고, 문만 열면 오가는 이와 소통이 가능하다. 방문을 열고 소리치면 앞집, 옆집 모두 대답할 수 있는 거리여서 동네 사람들은 말 그대로 이웃사촌이 되지 싶다.

길이 끊겼나 싶으면 계단이 나오고, 막다른 길인가 싶으며 굽어진 길이 이어지는 곳, 태극길에서 이곳 사람들의 삶에 대한 곡진한 자세를 본다. 오십년 대 고향을 버리고 이곳에 판자촌을 형성하고 삶터를 개척한 이래 급하게 변해가는 아랫동네의 모습을 묵묵히 내려다보며 견뎌야 했던 서글픔이 없지 않으련만 골목에서 만난 아이들의 웃음소리는 명랑하였다. 우리가 어렸던 시절에 동네에 나타난 낯선 사람은 아이들에게 좋은 구경거리가 되었지 않은가. 이방인은 동네를 보러 오고, 동네 사람들은 이방인을 구경하고. 하지만 길을 묻는 나에게 "뭘 볼 게 있다고 왔나?"라며 퉁명스레 답을 던지시던 할머니를 만난 뒤로 내 발걸음이 조심스러워졌다.

이방인은 집 색깔이 예쁘다고 말하건만 알고 보면 여력이 없어 형편 되는 대로 칠을 하다 보니 알록달록해지고 말았다고 하였다. 골목길을 돌다보면 쇠고리나 자물쇠를 차고 있는 키보다 낮은 작은 문들을 볼 수 있다. 옥외

화장실들이다. 길에 가끔 놓여있는 화분에는 고추며 상추가 자라고, 한 집에서는 황구 한 마리가 묶인 채 으르렁거렸다. 발길 아래 한 계단 낮은 집에서 도란도란 말소리가 들리고 웃음소리와 함께 조금 열어 둔 문으로 삼겹살 굽는 냄새가 새어나왔다. 문을 두드리면 한 점 하고 가라고 이끌 것만 같은 따뜻한 분위기에 문득 오래 전 떠나온 고향을 떠올린다. 집으로 돌아가야 할 시간이다.

순례를 시작했던 감정초등학교 초입에 다다르기 전 마을버스 종점에서 다시 태극도 마을을 건네다 보았다. 2009 마을미술 프로젝트 공모에서 한 단체가 '꿈을 꾸는 부산의 마추픽추'라는 주제로 당선되어 마을에 변화의 바람을 몰고 왔다. 마을 입구에 조형물을 세우고 태극길을 정비하여 외부 사람들에게 공개할 수 있는 문화거리로 만들었다. 민들레 홀씨 모양의 조형물에는 주민들의 소망을 적은 철판들이 붙어 있다. "부자 되세요", "행복하게 살아요."그리고 주민과 예술가들이 협력하여 벽화를 그리고 곳곳에 소박하나마 의미를 부여하여 낙후된 산복도로에 생기를 불어넣었다.

변화의 바람은 계속 분다. 동서대학교에서 제정하는 '영화의 집 3호', 부산시에서는 걷고 싶은 명품길 21선 중 근대역사의 길이란 이름으로 태극도 마을에서 자갈치 시장까지의 길을 선정하였다. 또한 좋은 마을 만들기 프로젝트 일환으로 태극도 마을에서 꽃길원예체험 사업을 벌이기로 하였다. 한 발자국씩 다가가다 보면 희망의 세계에 다다를 수 있을까. 태극도 도량으로 향하는 길을 내려가다 잘 꾸며진 복지관 건물을 보았다. 도화지에 아이들이 죽죽 그은 곡선들처럼 재개발도 불가능하게 자리 잡은 집들이지만 힘겨운 삶 속에 새겨진 속주름까지 팽팽하게 펴져 살기 좋은 마을로 이름나길 빌어본다.

붉은 노을이 태극도 마을을 감싼다. 분홍과 노랑, 파랑 등 다채로운 색의 향연이 펼쳐진다. 색의 대비가 뚜렷하여 역동적이고 감각적인 분위기 속에 마을이 꿈을 꾸는 듯하다. 다가올 행복을 꿈꾸는 마을 위 산복도로에 가로등이 켜지고, 한 집 두 집 전등을 켠다. 어두운 하늘에 별 몇 개 빛나는데 태극도 마을은 동화 속 나라처럼 반짝거린다. ◑

파도

채워도 채워도 끝없는 갈증,
산다는 것은 언제나 저토록 처절한 몸부림인 것을.

보랏빛 침대에 누워 밤새 뒤척이는 파도와 씨름을 했다. 전국에서 모인 수필작가들과 함께 세미나 행사를 치루고 바다가 바로 보이는 호텔의 지정된 방에 홀로 몸을 뉘었다. 격렬한 몸짓에 지레 지친 바위들이 소리 한 번 지르지 못하고 고스란히 당하고 있다. 미친 듯 곤장을 쳐대는 파도의 꼬리에 감겨 하얗게 거품을 문다. 소리를 내지르는 이나 입을 앙다물고 참는 이나 격정으로 점철된 삶의 한 자락을 베어 물고 시간을 죽이고 자신을 죽인다. 살고 싶다. 나의 의지대로 뜨겁게 살고 싶다. 파도의 날 선 목청에 나도 바위가 되어 온 몸의 세포들을 곤두세운 채 내 삶을 닦달하였다.

작가는 작품으로 말할 뿐이다. 처음 보는 문인들과 동행을 하다보면 자연스럽게 내 목소리를 죽여야 됨을 나는 잘 안다. 글을 쓰는 사람은 표현함으로써 자기 존재를 드러낸다. 내 앞에 있는 사람들은 가슴 속에 품은 것이 많아 토해 놓지 않으면 죽을 것 같은 절실한 눈빛을 가진 사람들이다. 펜으로 상징되는 날카로운 칼을 집어든 그 순간부터 그 사람은 펜이 되고, 그 이름을 단 글이 그 사람이 된다. 이름 속에서 자신을 찾아가는 가시밭길이 그들의 삶의 노정이다. 그저 길이 있기에 가야만 하는 고행자, 순례자, 방랑자가 되고 궁극적으로는 자신의 주인이 되기 위해 파도를 넘어야 하는 사람들이 문인이다. 술잔에 거친 열정을 토한 어떤 수필가는 방바닥에서 잠이 들고, 분위기에 따라 술에 잘 취하지 않는 나는 한겨울 해운대에서 파도가 되어 하얀 모래를 핥으며 삶의 열정을 포효하고 말았다.

고교 시절의 흔적을 간직한 해운대 바다와 나는 인연이 깊다. 대학을 졸업하고 암울했던 시대의 그림자로부터 멀리 벗어나려고 찾아온 곳도 해운대였다. 수필 강좌를 개설하고 낭만적인 제자들과 인생과 사랑을 논하던 곳도 이 자리, 여기가 아니었던가. 이런저런 추억을 되씹으며 파도의 포효를 보고 있었다. 네 시경 파도의 항복을 받았다. 바람은 먼 바다를 돌아나가 해운대의 물자락을 놓아주었다. 한결 편안해진 숨결로 파도는 바위의 멍든 몸을 토닥이고 있었다. 이 틈을 놓칠세라 파도의 약해진 세력을 감지한 내 속의 자아가 머리를 흔들어댔다. 쉬고 싶다. 뜬 눈으로 새운 밤들을 돌려받고 싶다. 남들처럼 시간을 풀어놓고 안락한 밤을 보내고 싶다. 청각을 잃을 정도로 파도 소리에 쓸려 다니던 정신을 수습하고 가까스로 잠이 들었다.

파도는 여전히 흔들리며 무시무시한 파랑을 일으켜 내 의식을 압도하였다. 구겨진 하얀 원고지들을 공중에 집어 올렸다가 흩뿌리기도 하고 손가락에 감아 휘돌리기도 하였다. 내 몸은 그 손가락 끝에 감기기도 하고 또 공중으로 붕 떴다가 수면으로 철썩 떨어지기도 하였는데 어느새 보면 파도와 직접 대면하고 서 있었다. 거대한 바다를 배경으로 필름 한 롤이 수직으로 펼쳐져서 말려 올라갔다. 커트마다 새겨진 어쭙잖은 내 글의 제목들이 꽁무니에 괄호를 달고 있다. 괄호 채우기가 내게 주어진 과제라도 되는 것이었을까. 네임펜이 살아 있는 것일까. 동그라미를 그리려는 의지와 달리 괄호 속에는 가세표가, 어떤 것은 세모가 점멸하였다. 파도가 내 불쌍한 성적표를 흔들어댔다. 빌딩의 세로로 단 플래카드가 태풍에 한 순간 확 찢겨져 내리듯 검은 필름이 나를 덮쳤다. 요동치다 찢겨진 필름 틈새로 밖이 보였다. 몇 년이나 들고 있어 누더기가 다 된 미완성의 내 수필들을 파도가 흔들어댔다. 문학평론 쪽으로 발길을 돌리고 한 동안 수필과는 너무 멀어져있었던 탓이리라.

수필을 쓴다는 것은 자신의 마음에 거울 하나 장치하는 것이다. 독자가 얼마간의 상상을 섞어 내 내면을 들여다보도록 허락하는 일이다. 자신의 다채로운 내면 풍경을 진술하게 보여주어야 하고, 향수 냄새가 나든 비누 냄새가 나든 자신의 체취를 독자에게 보여주어야 하는 글이 아닌가. 그게 어디 쉬운 일이랴. 하늘이 보고 있고 세상이 보고 있는데, 실오라기 하나 걸치지 않은 나상으로 세상 한 가운데 서기가 어디 그리 쉬운가. 한때 청동거울을 윤이 나도록 닦아대던 윤동주를 본받고 싶어 밤을 샌 적도 많았다. '글이 그 사람이다.'라는 버폰의 말에 적극 동의하여 고개를 끄덕이기도 하였다. 하지만 지금 나의 거울은 부옇게 흐려져 있고 그 흐림 뒤편에 나는 묘하게 숨어 있다. 진솔한 나의 반성을 촉구하러 파도는 꿈길에까지 따라 왔던 것일까.

파도의 신음소리를 들었다. 어중간한 자리에서 어중간한 노력으로 어중간한 도리만 논하다가 이젠 그조차 게을리 하는 내 가련한 의식이여. 놓지 않으려거든 아귀에 피가 맺히도록 꼭 잡아야 하리. 날카로운 시선은 어디서 찾아야 할까. 칼날이 백짓장처럼 얇아지도록 벼리려거든 어찌 해야 할 것인가. '수필도 안 쓰는데, 당신이 수필가 맞아?'귀를 막았다. 신음소리는 끊이지 않았다. 파도는 이미 내 안에 들어와 있었다. 내 안에서 용암처럼 유연하게 흐르며 폐부를 긁어대는 그 소리에 묶여 버렸다. 어느 새 도망치기를 포기하고 내 의식은 그 신음新音을 찾아 함께 소리를 질러대기 시작했다.

혼수로부터 깨어나 창을 열었다. 나와의 동침을 부정이라도 하듯 파도는 긴 해안선을 핥으며 내게 눈을 주지 않았다. 푸른 보랏빛 기운이 창으로 흘러들어왔다. 보랏빛이불 탓도 커튼 탓도 아니었다. 오묘한 색깔이 새벽 분위기에 일조하는 바 없음을 나는 익히 알고 있다. 찰싹이는 해조음과 찬 공기, 서슬 퍼렇던 간밤의 짭쪼롬한 바닷바람이 만들어낸 에너지 탓이리라. 으르렁거리는 파도의 혓바닥에 휘둘려 내 휴식의 밤은 자유롭지 못했다. 타고르의 기탄잘리가 잔잔한 파도의 음률에 실려 일렁거렸다.

　　'태양을 수놓은 초록빛 어둠의 안식이 조금씩 내 가슴을 덮었습니다.
　　나는 무엇 때문에 여행하는가를 잊어버렸고 싸움 없이 그늘과 노래의
　　미로에 내 마음을 맡겼습니다.'

　방을 나섰다. 내 의식을 깨우는 새로운 소리와 맞대면하리라. 가열한 채찍 하나 손에 들고 아래로 내달았다. ◗

폐인

'미치고 싶다'라는 말을 자주 하게 된다. 어찌 나뿐이겠는가. 어떤 이는 수필에 골똘히 몰두하니 잠 속에서도 수필의 꺼리가 떠오르더라고 하였다. 일 주일에 몇 편의 글은 무난히 쓸 수 있다고 말하는 분도 있다. 나의 트레이드 마크는 '수생 수사'다. 누구보다 '수필'에 미치고 싶어 하는 사람이다. 마음에 남은 붉은 그림자, 그것이 수필임을 알기에 수필은 이루 말할 수 없는 내 행복이 되기도 하고 던져버릴 수 없는 시지프스의 큰 바위가 되기도 한다. 내가 '수생수사수필폐인으로 불려지길 원한다면 남들은 욕심이 과하다고 말할까.

시간의 속도를 계산하는 현대인의 언어생활은 무척 생산적이다. 몇십 년을 살아온 사람들이 이해도 못할 우리말이 생긴다면 얼마나 곤혹스러울까. '폐인'이란 낱말이 있다. 자신이 폐인이라고 당당하게 주장하는 젊은이를 이해할 수 있는 기성세대는 얼마나 될까. 새로운 의미로 폐인은 '열성이용자'를 말한다.'디지털 폐인'이란 말이 선두주자다. 종일 컴퓨터 앞에 앉아 온라인 세상에 빠진 네티즌들은 스스로를 시간의 블랙홀에 빠졌다고 표현한다. 모니터 보면서 양치질하기, 컴퓨터 책상에서 라면 먹기, 재부팅 하는 동안 화장실

다녀오기, 바이러스 검사하는 동안 식사하기, 시스템 조각모음 하는 동안 취침하기 등 의식주의 대부분을 컴퓨터 앞에서 해결한다. 드라마 제목을 따거나 주인공 이름을 딴 폐인은 말할 것도 없고, 온 국민의 폐인화가 우려되었던 월드컵 열기는 또 얼마나 뜨거웠던가.

일간지에 '디지털 폐인, 의학상의 진짜 폐인이 될 수도 있다'는 글이 실렸다. 별 중요하지도 않은 일에 할 일이 많은 젊은이들이 전력을 다해 매진하는 것은 걱정스럽다. 그러나 어찌 보면 한 곳에 집중한다는 것은 삶에 대한 열정의 표현이라고 할 수 있겠다. 역사에 이름을 남긴 사람들은 다분히 폐인의 기질을 가지고 있었다. 직접적으로 돌아오는 이익을 생각하지 않고 몰두할 수 있다는 것은 미덕이 아니겠는가. 현대는 전문성이 요구되고, 취미와 일이 혼재되기 일쑤인 사회이다. 폐인 성향이 유행하는 것은 어쩌면 당연한 일이지 싶다.

폐인이란 말이 젊은이에게만 해당되는 것은 아니다. 민족문화추진위원회 홍기은 위원은 꿈에서도 업무를 볼 때가 많다고 한다. 낮에 몰라서 헤매던 부분을 꿈 속에 작자가 직접 나타나서 가르쳐주기도 한다고 하니 그의 몰입이 어느 정도인지 알 수 있지 않은가. 박봉에다 사람들이 잘 알아주지도 않는 일을 인생의 전부라고 여기며, 좋은 직장을 버리고 한자와 옛사람의 글이 좋아 모인 사람들, 그들에겐 신념의 향기가 누구보다 진하다. 미치지 않으면 이렇게 하기 어렵다고 자평하는 그들을 한문폐인이라 불러주면 어떤 반응을 보일지 궁금하다. 점잖지 못하다고 호통을 치실까.

유동호 씨는 화랑대기 폐인이다. 매년 시즌이 되면 종일 구덕야구장에 묻혀 산다. 십 년 전부터 그는 매년 일 주일간 휴가를 내어 화랑대기바캉스를 즐긴다. 어릴 때는 야구장 직원의 눈을 피해 담을 넘기도 하고, 헤밍웨이 전집을 부모님 몰래 팔아 입장권을 사기도 했다고 하니 가히 폐인의 이름이 부끄럽지 않다고 하겠다. 아마야구의 꽃이라는 고교야구를 사랑하며 무려 40년간이나 폐인으로서의 열정을 불태우는 그의 투혼이 부럽기만 하다.

'야구는 질 때가 있으면 이길 때도 있는 인생과도 같은 것', 롯데 폐인 정구상 씨의 주장이다. 롯데가 우리를 폐인으로 만들었다고 목청을 높이는 그들 부부는 롯데의 경기가 있는 날이면 전국 어디라도 날아가서 롯데사랑의 기치를 높이 든다. '팬들은 경기의 승패 여부가 아니라 경상도의 악바리 근성, 짠내 나는 끈질김을 매번 보고 싶은 것일 뿐이다'라는 그들의 말에서 보다 고양된 폐인의 자세가 느껴진다. 그들에게 있어 야구는 단지 스트레스를 푸는 도구에 그치는 것이 아니라 나은 삶을 이끄는 웰빙의 방법이지 않을까. 나아가 수양의 도구, 삶을 한 번 더 생각해 보고 안일함을 다그치는 자기 반성의 한 방편인 것 같기도 하다.

> "붉은 악마는 단지 골대 뒤의 광적인 응원 부대가 아닙니다.
> 우리는 진실로 축구를 사랑하는 사람들의 모임이 되고자 합니다.
> 축구 좋아하십니까?
> 한국 축구 대표팀을 사랑하십니까?
> 바로 여러분들이 붉은 악마입니다!"

붉은 악마는 월드컵 축구 경기 응원을 통해 자신들의 광기를 마음껏 펼쳤다. 그들을 볼 때마다 기획과 실천, 투지, 헌신 등의 낱말이 떠오른다. 금전적인 이익을 추구하지 않기에 그들은 더욱 아름답다. 한국의 거리 응원, 그 붉은 물결을 통해 전 세계에 우리의 열정과 삶의 활기찬 파동이 퍼져 나갔다. 'Go together for our dreams!'라고 그들은 외쳤다. '꿈은 이루어진다'고 했던가.

'붉은 악마'라는 이름이 도마에 올랐다. 한민족응원문화운동본부가 악마의 부정적 의미를 걱정하여 붉은 호랑이, 붉은 천사, 붉은 부사리를 제안했다고 한다. 도깨비나 산신령으로 하자는 의견도 있었다고 하는데 '악마가 뭐 어떤가. 상대방을 압도하는 힘을 내보이기에 적절한 낱말이 아닐까. 언어는 살아있는 유기체다. 사회가 변함에 따라 생성되거나 소멸되기도 하고 의미가 변하거나 쓰임이 달라지기도 한다. 긍정적으로 자주 쓰게 되면 그 낱말의 이미지도 변해가는 것이다. 폐인의 자격으로 따진다면 첫손에 꼽아도 무리가 없을 것 같은 그들에게는 '붉은 악마'라는 이름이 절묘하게 어울리지 싶다.

나도 붉은 악마가 되었다. 응원석에서 목이 터져라 구호를 외치고 노래를 불러대기도 하였다. 경기는 끝났다. 성패는 관계없다. 사랑에 조건이 없듯이 이기고 지는 것은 내 열정과는 관계가 없다. 롯데가 이겨준다면 더 좋아 더 열정적으로 응원할 뿐이다. 오십 대도 뜨겁게 살고 싶다. 밤을 새는 격랑을 잠재우고 일상으로 돌아와 나를 돌아보았다. 대학 다닐 때는 유독 붉은 티셔츠를 자주 입고 다녔다. 열정이 많아서이지 싶다. '사람은 어느 하나에 미쳐야 한다'는 보들레르의 시구를 외우고 다녔을 정도니까. 월드컵도 끝났다. 반백에 가까워지는 나이 때문인가. 이제 붉은 티셔츠는 벗었다. 그래도 가슴 속에 남은 붉은 그림자 하나는 사라지지 않는다.

나도 미치고 싶다. ◑

권기옥

- 1960년 대구 출생
- 동아대학교 영문과 중퇴

- 2013년 《사람의 문학》 장편 『감정클리닉센터』로 등단
- 이메일 : kwonkiok8104@hanmail.net

암전

거리의 네온이 하나둘 꺼지는 새로 두 시를 넘기면서부터 도시는 노골적인 모습을 드러내었다. 환한 달마저도 식상한 도시의 몰골에 인상을 찌푸리더니 끝내 구름의 옆구리를 파고 들어 제 모습을 감추고야 말았다.

변두리의 한 골목에 전깃줄 뭉치를 이고 선 전봇대에 달라붙은 가로등 하나가 희미한 불빛을 게워 내고 있었다. 불빛은 길 건너편 건물의 지하로 들어가는 계단 입구를 희미하게 비추고 있었다.

요의를 느낀 지 십여 분이 흘렀다. 얼마나 참았을까. 더 이상 참지 못할 지경에 이르렀다.

담요를 들춰 몸을 빼내자 한기가 온 몸을 옥죄어 왔다. 온기가 사라지자 등골이 오싹하고 소름이 돋았다. 막상 몸은 빼내었지만 그는 사위를 한 치 앞도 분간할 수 없었다.

그러나 그는 늘상 하던 대로 손을 더듬어 바닥을 천천히 훑었다. 부드럽고 말랑말랑한 게 잡혔다. 두루마리 휴지였다. 휴지 근처를 더듬자 차가운 감촉이 느껴지면서 문가가 손에 들어왔다. 플라스틱 라이터다.

그가 라이터를 켜는 순간 숨어 있던 사면의 벽이 불쑥 나타났다. 그는 자신의 실루엣이 벽에 너울거리는 것을 보았다. 입은 채로 잤던 방한용 외투 차림의 그는 텅 빈 바닥을 가로질러 계단 입구로 향했다.

입구는 지상으로 뻗어 있었다. 계단을 오르자 그의 걸음에 맞추어 라이터 불빛이 출렁거렸다.

계단 끝에 도달한 그는 출입문을 열었다. 냉기가 유령처럼 달려들며 그의 얼굴을 거침없이 할켰다. 밖은 텅 비어 생명체라고는 보이지 않았다. 골목에는 신문지 쪼가리와 비닐 봉지들만 휘날렸다. 무심한 밤이었다.

전봇대로 몸을 옮긴 그는 지퍼를 내리고 제 물건을 끄집어내었다. 비루하게 생겨 먹은 그 끝을 엄지와 검지로 잡고 아랫배에 힘을 주었다. 터져 나온 오줌은 허공에 한 줄기 선을 그었다. 배설의 쾌감도 한기로 인해 오래가지 못했다.

오줌은 허연 김을 흩날리며 전봇대 아랫도리를 흥건하게 적셨다. 흥건한 액제는 이내 얼어붙기 시작했다. 오그라든 손으로 남은 몇 방울마저 털어 버리는 순간 그는 온 몸이 뻣뻣해지는 걸 느꼈다.

지퍼를 올리며 가래를 한껏 치받아 올려 내뱉는 순간 그는 이상한 물체를 보았다. 허연 입김을 내뿜으며 그리로 몇 걸음을 내디뎠다, 그는 화들짝 놀라 뒤로 물러선 채 그대로 굳어 버렸다. 인상을 찌푸리며 다시 한번 그것을 노려보았다.

그는 용기를 내어 그것이 손에 잡힐 듯한 거리까지 다가갔다. 설마, 하며 발로 툭 건드려 보았다. 미동도 없었다. 가로등 불빛에 의지해 자세히 보니 청바지를 걸친 사람이었다. 머리를 붙잡아 고개를 들어보니 사람이었다. 그는 주위를 살폈다. 골목에는 아무도 없었다. 그것은 여자였다. 그녀는 죽은 듯이 엎어져 있었다.

그는 제 손등을 그녀의 코에 대어 보았다. 미세한 숨결을 느낄 수 있었다. 그녀의 손도 잡아 보았다. 그러나 싸늘하게 식어 있었다. 그는 머뭇거리지 않고 곧장 그녀를 들쳐 업었다. 그가 몸을 일으키자 그녀의 양팔이 축 늘어져 좌우로 흔들렸다. 그는 라이터를 켠 채 그녀를 한 손으로 업고는 조심스럽게 계단을 탔다.

그녀의 오른쪽 광대뼈 부위가 땅바닥에 긁힌 듯 생채기가 나 있었다. 그녀의 오른손 바닥에도 긁힌 흔적이 있었다. 왼발 무릎께의 청바지도 찢겨 있었지만 피는 배어 나오지 않았다. 그는 담배를 피워 물었다.

명멸하는 한 점의 불빛 속에서 담배 연기가 무심히 피어올랐다. 이윽고 불빛은 양초의 심지로 다가갔다. 어둠 속에서 한 떨기 불꽃이 피어올랐다. 온전한 모습을 갖춘 불꽃은 천장으로 혀를 날름거리며 타올랐다. 실내가 밝아지자 사면의 벽이 마술처럼 나타났다.

지하실 실내는 고분의 석실에 첫 발을 내딛는 느낌으로 다가왔다. 늘 보던 풍경이지만 오늘따라 그에겐 섬찟하게 다가왔다.

촛불에 의지한 그는 음영이 드리워진 그녀의 얼굴을 내려다보았다. 날선 듯이 오뚝한 콧날, 짙은 눈썹, 살짝 튀어나온 광대뼈, 얇은 입술, 턱까지 내려오는 단발머리에 갸름한 얼굴형. 무표정한 그녀의 얼굴은 데드마스크를 연상케 했다. 어쩌면 시신 같기도 했다.

그는 제 코를 그녀의 얼굴에 갖다 대었다. 비릿한 아카시아 향내가 진하게 풍겼다. 킁킁거리며 냄새를 맡던 그는 그녀의 손을 잡아 제 뺨에 대어 보았다. 싸늘하기 그지없었다.

벽과 천장에 자신의 덩치보다 세 배는 족히 될 듯한 그림자가 미세하게 흔들렸다. 그림자의 위압감에 짓눌려 멍하니 있던 그는 갑자기 생각난 듯 기도하듯이 두 손을 모아 마구 비볐다. 양손바닥 사이로 입김을 후후 불어 가며 비비기를 거듭했다.

사각사각 하는 소리가 연이어 났다. 열을 낸 손바닥으로 그는 그녀의 양손을 세게 붙잡았다. 이렇게 하기를 예닐곱 번. 제 코를 자극했던 향수 냄새를 언제

맡아 보   냐는 듯이 까마득히 잊어 버렸다.

앉은 채로 그는 두 발을 담요 속으로 살며시 밀어 넣었다. 비며 대던 두 손도 슬쩍 집어넣었다.

얼음장 같은 그녀의 몸은 풀릴 줄을 몰랐다.

양초는 서서히 제 몸뚱어리를 태웠다. 촛농이 투명한 제 어깨를 타고 슬금슬금 흘러내렸다.

그는 다리를 뻗으며 상체를 바닥에 눕혔다. 누운 채 담요을 끌어 당겨 제 몸을 덮었다. 담요는 폭이 좁아 둘을 덮기에는 무리였다.

둘은 천장을 보고 누운 자세였다. 그는 모로 누워 제 오른팔과 오른다리를 들어 그녀의 몸에 포개었다. 하지만 효과는 없었다.

이윽고 그는 상체를 일으켜 그녀에게서 떨어져 나왔다. 멀뚱히 있던 그는 다시 그녀와 밀착한 상태로 모로 누웠다. 그의 얼굴이 그녀의 좌측 뺨을 보고 있었다. 그러자 머리가 불편했다. 그는 상체를 살짝 들어 왼손을 빼낸 뒤 바닥을 더듬어 재떨이 옆에 놓인 휴지를 집어 제 왼뺨 눈가에 공구었다. 다시 그는 오른손을 들어 조심스럽게 그녀의 유방 위에 갖다 대었다. 유방은 미세하세 부풀었다 꺼졌다를 반복했다.

그녀가 걸친 상의 파타의 지퍼는 반쯤 내려와 걸린 상태였다. 그는 지퍼의 고리를 잡고 밑으로 내렸다. 잘 내려가던 지퍼는 끝에서 걸렸다. 그는 왼손을 겨우 틀어 오른손을 거들었다. 비로소 파카는 양쪽으로 갈라졌다. 파카를 제끼자 흰색의 면 티셔츠가 나왔다. 면 티셔츠를 들추자 우윳빛 브래지어가 나왔다. 그는 그것을 살짝 들추었다. 희디흰 유방이 살포시 드러났다.

그는 들춘 껍데기들을 도로 덮었다. 그녀는 움직이지 않았다. 그녀의 코에선 가는 숨결만 새어 나왔다. 그는 제 오른손을 그녀의 목에 대어 보았다. 여전히 그녀에게선 찬 기운이 흐르고 있었다.

그는 눈살을 찌푸렸다. 잠깐 생각에 잠겼던 그는 그녀의 허리띠와 청바지의 후크를 풀었다.

그녀의 상체가 움찔했다. 그는 얼른 손을 거두었다. 덩달아 그녀의 움직임도 멎었다.

한숨을 내쉰 뒤 그는 오른손을 조심스럽게 그녀의 아랫배로 슬며시 집어넣었다. 아랫배도 싸늘하기 그지없었다. 그는 그녀의 옆구리를 서너 번 힘차게 흔들었다. 그러나 그녀는 아무런 반응을 보이지 않았다. 불꽃은 꺼질 듯이 일렁거리다 이내 태연히 타올랐다.

불꽃은 둘의 모습을 은근히 지켜보고 있었다.

그는 담배 연기를 지그시 내뿜으며 그녀의 얼굴을 지켜보았다. 밀랍 인형처럼 그녀는 생명이 없는 듯했다. 그는 담배를 태우며 제 왼손 엄지와 검지로 그녀의 입술을 조심스럽게 벌렸다. 가지런한 그녀의 이가 드러났다. 그녀의 입에선 술 냄새가 진동했다. 소주와 맥주 냄새가 뒤섞인 듯했다.

담배를 끈 그는 담요 속으로 들어가 제 몸을 그녀의 몸에 밀착시켰다. 그는 그녀의 아랫배를 손으로 문질렀다. 그러다 브래지어를 거침없이 위로 걷어 올렸다. 미세하게 타는 촛불 사이로 유방이 다시 드러났다. 그는 유방과 배를 동시에 문질러 대었다. 그러자 그녀의 체온은 살아나는 듯했다.

그는 작업을 중단하고 바닥을 살폈다. 휴대용 가스레인지 옆에 물이 담긴 페트병이 놓여 있었다. 물은 바닥에 깔려 살얼음 상태로 접어들고 있었다. 그는 페트병을 기울여 물을 몇모금 삼켰다.

창문 틈새로 한 줄기 바람이 새어 들어왔다. 그러자 초연하게 타오르던 촛불이 광란의 춤을 춰 대었다. 불꽃은 혀를 날름거리며 무엇이든 집어삼킬 듯 사방으로 날뛰었다. 까만 심지 주변엔 촛농이 흥건했다. 무심코 촛불을 쳐다보던 그는 문득 코를 벌름거렸다, 그는 비릿한 냄새를 맡았다.

그는 갑작스레 담요에서 빠져나와 제외투를 벗어 재떨이 근처에 놓았다.

검정색 폴라 티셔츠도 벗어 던   다. 때에 절은 내복 또한 벗어 제쳤다. 이윽고 그의 알몸이 드러났다.

드러났다 한들 기껏 껍데기다. 속은 알 수 없는 노릇이다. 정작 뼈는 더 깊숙이 숨어 있다.

담요 속에서 그는 두 손을 사용하여 그녀의 청바지를 밑으로 끌어 내렸다. 청바지는 쉽게 벗겨지지 않았다. 그것은 그녀의 엉덩이에 꽉 끼어 있었다. 그녀의 엉덩이를 이리저리 돌려 보아도 마찬가지였다. 그는 자신을 그녀의 발치께로 옮겼다. 담요가 들썩거리는 바람에 촛불은 사방으로 뒤틀리며 꺼질 듯 휘청거렸다. 그는 잠시 동작을 멈추었다.

그는 그녀의 바지춤을 잡고 밑으로 확 잡아 당겼다. 그러자 청바지가 내려앉았다. 몇 번 더 힘을 주어 당기자 골반에 걸려 있던 청바지는 허벅지께로 내려앉았다. 허벅지에서 종아리까지는 눈썰매를 타듯 쉽게 내려왔다. 청바지는 주름진 돌탑을 쌓아 놓은 듯 그녀의 양쪽 발목에 걸렸다. 그는 그녀의 다리께에 덮인 담요를 위로 걷어 올렸다. 그녀의 흰 팬티와 허벅지가 촛불 아래 빛났다. 일순 그는 호흡을 멈추었다.

상체를 겹겹이 덮고 있는 껍데기들 중에서 파카만 옆으로 벌린 채 나머지 것들은 그녀의 목께로 밀어 올렸다. 그래도 그녀는 반듯이 누워 있었다.

도약하려는 개구리의 자세로 그는 그녀의 얼어붙은 알몸을 비벼 대었다. 밀착된 나신은 샴쌍둥이 같았다. 그의 동작에 맞추어 촛불은 파라핀 냄새를 피워 가며 규칙적으로 흔들렸다.

차츰 그녀의 얼굴에서 붉은 기운이 감돌았다. 이윽고 노력한 보람이 있어 그녀의 혈색이 완연하게 돌아오자 그는 동작을 멈추었다. 흔들리던 촛불도 덩달아 멎었다.

그는 그녀 곁에 나란히 누워 눈을 감았다. 누운 채 조금 지났을까. 아카시아 향 내음을 그는 다시 맡았다. 잊었던 냄새였다. 술 냄새도 났다. 향수와 술 내음이 뒤섞여 공간을 빙글빙글 나돌았다. 순간, 그는 제 아랫도리에서 불끈 치솟는 힘을 느꼈다. 그녀의 온기를 되살리려는 생각에 온 정신을 집중했기에 전혀 생각도 못한 힘이었다.

잠시 후 그는 담요를 들치고 나왔다. 그 바람에 촛불이 꺼지고 말았다. 사물은 흔적도 없이 어둠 속에 숨어들었다. 그도 그녀의 나신도 벽도.

그는 라이터 불로 촛불을 켰다. 모든 것이 마술처럼 되살아났다. 그도 그녀의 나신도 벽도.

그는 담요를 들추고 그녀의 나신을 훑어보았다. 사타구니의 노랑 팬티가 눈에 확 들어왔다 팬티의 가운데 부분이 유난히도 시커멓게 돋보였다. 그녀가 몸을 뒤척였다. 그는 급히 담요로 그녀를 뒤덮었다. 그의 불손한 속내가 양초에 전이되기라도 한 듯 불꽃이 파르르 떨었다.

불꽃이 제 자리를 찾자 그녀는 미라처럼 피라미드 속의 음침한 방에 부려진 듯했다.

고요히 그녀를 지켜보던 그는 마침내 온몸에 한기를 느꼈다. 그 순간 자신이 맨몸임을 알았다. 동시에 제 자신의 물건이 위로 솟구쳤다. 양초는 삼기가 불편한 듯 지그시 눈물을 흘리며 그 광경을 바라보고 있었다. 그의 물건 역시 뻣뻣하게 선 채 불꽃을 응시했다.

그는 황급히 담요 속으로 들어가 다시 그녀의 몸에 자신을 밀착했다. 그는 제 맨살로 그녀의 나신에 대고 거침없이 비벼 대었다. 비빌수록 그녀의 온기가 자신에게로 옮아왔다. 어둠속에서 냉기와 온기가 둘 사이에서 전이를 거듭했다. 어쩌면 애초의 동작들이 지금의 동작을 위한 예비 동작이었는지도 모를 일이었다.

문득 그녀의 입에서 누구 씨, 라는 말이 새어 나왔다. 동시에 그녀의 두 팔이 느닷없이 그의 등을 감싸 안았다 깜짝 놀란 그는 호흡을 멈춘 채 죽은 듯이 가만히 있었다. 그녀의 팔은 그의 등에 찰싹 달라붙어 있었다. 그는 제 귀를 그녀의 코에 대어 보았다. 그녀는 아주 고르게 숨을 쉬고 있었다. 그로테스크한 표정은 감쪽같이 사라지고 그녀의 얼굴에는 화색이 감돌았다. 촛불만이 그 순간을 지그시 노려보았다.

이윽고 다시 용기를 낸 그는 호흡을 고른 뒤 제 오른발을 그녀의 사타구니까지 끌어올렸다. 그러자 암요가 들썩거렸다. 이어 그녀의 팬티를 그의 오른발 엄지발가락에 걸친 뒤 밑으로 확 내려 버렸다. 그러자 놀랍게도 그녀의 양다리가 슬며시 벌어졌다.

마술이 펼쳐진 것 같았다. 눈을 부릅뜨고 그는 그녀의 얼굴을 살폈다, 그의 눈동자에 숨어든 촛불 또한 그 장면을 보았다. 그러나 그녀의 얼굴엔 아무런 표정 변화가 없었다.

오히려 누구 씨, 라는 잠꼬대만 그녀의 입술 사이로 신음하듯 새어나올 뿐이었다. 잠꼬대 같았다, 아니면 잠꼬대를 가장한 의식 있는 행위였을지도 모르리라.

그는 제 물건으로 그녀를 공격했다. 마침내 행위가 시작되었다. 그는 발목 잡힌 방아깨비 같은 동작을 되풀이해대었다. 이따금 그녀의 엉덩이가 이리저리 뒤틀렸다. 마치 그의 행위를 돕는 듯했다.

그는 자신의 행위에 바빠서 그 사실을 감지하지 못했다. 촛불만은 그것을 감지할 수 있었다. 실내의 널브러진 사물들도 제각기 그림자들을 미세하게 움직이며 둘 사이의 야릇한 행위를 은밀히 지켜보고 있었다.

마침내 그녀의 입에서 야릇한 신음과 함께 그 이름이 터져 나왔다. 누구 씨. 그는 그녀의 잠꼬대를 무시했다. 오히려 잠꼬대가 둘 사이의 행위에 엔진 오일 역할을 하는 듯했다. 그들의 동작에 맞추어 촛불은 촛농을 질질 흘리며 광란의 춤을 췄다. 너울대는 불꽃에 따라 그들이 움직이는지 그들의 움직임에 따라 불꽃이 움직이는지는 알 수 없었다. 벽면과 천장엔 그들보다 서너 배나 큰 그림자 두 개가 맞붙은 채 움찔움찔했다.

다시 그녀의 입에서 누구 씨, 라는 말이 새어 나왔다. 이어서, 떠나지 말아요, 라는 말이 뒤 따랐다. 그러자 그는 얼른 동작을 멈추었다. 그녀의 입에서 잠꼬대는 더 이상 나오지 않았다, 그는 하던 행위를 재개했다. 촛불은 화촉을 밝히듯 요염하게 타올랐다. 그의 눈동자에든 불꽃 또한 음란하게 타올랐다.

얼마나 지났을까. 극도로 충혈된 그의 이마에서 촛농처럼 땀이 송송 솟았다. 이윽고 그의 입에서 괴이한 신음 소리가 낮고 길게 터져 나왔다. 순간, 사방팔방으로 너울대던 촛불이 멈춘 채 한 호흡을 돌린 듯 야릇한 빛을 내뿜었다. 이윽고 그는 촛농처럼 뿌옇고 모호한 정액을 뚝뚝 흘리는 제 물건을 거둔 뒤 축 늘어졌다. 그녀는 규칙적으로 호흡하며 죽은 듯이 움직이지 않았다. 마침내 샴쌍둥이는 둘로 분리되었다.

그는 담요에서 빠져나와 벗어 던진 옷들을 주섬주섬 입었다. 이어 그녀를 원래 상태로 복원한 뒤 시신을 염하듯 정성껏 차림새를 매만졌다. 일련의 과정이 끝나자 그의 얼굴엔 미소가 감돌았다.

오줌 줄기는 시원하게 터져 나왔다. 전봇대에 설치된 가로등 불빛이 그의 물건을 무심히 비추고 있었다. 체외로 흘러내리는 액체는 허연 김을 내뿜었다. 하늘에 걸린 뿌연 달빛이 이 광경을 내려다보고 있었다. 그는 하나는 짧고 또 하나는 길게 드리워진 제 그림자 두 개를 무연히 지켜보며 소변을 보았다. 걸목을 배회하던 싸늘한 대기가 물어뜯을 듯이 그의 덜미와 물건을 파고들었다. 차디찬 물벼락을 맞은 듯이 그는 온몸을 부르르 떨어 대었다.

그러다 바지춤을 추스르던 그는 처음 그녀를 발견한 곳에서 또 무엇을 발견했다. 숄더백. 그는 냉큼 그것을 집어 들며 주위를 둘러보았다. 주차된 차량들 외에는 아무것도 없었다. 도둑고양이 한 마리만이 전봇대 주위를 어슬렁거리다 트럭 밑으로 퍼뜩 몸을 숨겼다. 한 줄기 바람이 골목을 스치자

검은 비닐봉지 하나가 주차된 차량들 위로 날았다.

　그는 촛불 아래서 숄더백을 열었다. 백 안에는 핑크빛 립스틱, 동전 몇 개, 신용카드 석장, 손수건, 화장용 팩, 빗 따위가 들어 있었다. 카드로 긁은 영수증도 몇 장 나왔다. 그 중의 한 장은 부근에 있는 레스토랑에서 발급된 것이었다. 휴대폰 고리도 하나 나왔다. 그러나 휴대폰은 없었다.

　손때 묻은 사진도 몇 장 있었다. 바닷가를 배경으로 그녀가 어떤 사내와 다정하게 서서 웃고 있는 모습이었다. 그들의 목을　자르듯 수평선이 길게 금을 긋고 있었다. 그녀는 이를 드러낸 채 사내 쪽으로 고개를 돌려 활짝 웃고 있었다. 바람이 불었는지 그녀의 단발머리가 한쪽으로 날리고 있었다. 남자는 카메라 렌즈를 보며 그저 덤덤하게 미소만 짓고 있었다. 대다수가 같은 배경의 사진들이었다.

　그중 한 장이 반으로 찢겨 있었다. 찢긴 부분은 그녀와 사내 사이의 중간이었다. 여자의 몸은 온전했지만 남자는 어깨가 잘려 나간 상태였다. 그녀는 잘려 나간 창백한 인화지의 불연속선을 보고 환하게 웃고 있었다.

　돈지갑엔 만 원 권 지폐와 천 원 권 지폐가 마구 처박혀 있었다. 그는 고개를 돌려 그녀를 힐끗 보았다, 그녀는 정신없이 자고 있었다. 그는 만 원 권 지폐 한 장을 꺼내어 제 호주머니에 쑤셔 넣었다. 그러고는 숄더백을 그녀의 머리맡에 훌쩍 던졌다. 촛불이 꺼질 듯이 파르르 떨며 경련을 일으켰다.

　그는 촛불에 의지해 그녀의 뺨에 난 상처를 유심히 살폈다. 푸르죽죽한 선들이 몇 개 그어져 있었다. 이따금 그녀는 몸을 뒤척였다. 그 장면을 지켜보던 그는 던져 놓은 백을 다시 뒤져보았다. 알약이 수십 알 들어있었다. 수면제였다.

　편의점 실내는 형광등 불빛으로 인해 대낮처럼 환했다. 두엇의 컵라면을 먹는 술꾼들 외에는 손님이 없었다. 진열대 사이를 돌며 그는 라면 맷 봉지와 소주 한

병을 집었다. 냉장고 앞에 멈춘 뒤 생수도 한 통 끄집어내었다. 남자 점원은 그가 카운터로 다가와도 여전히 눈은 만화책에 두고 있었다.

점원은 그의 얼굴도 보지 않은 채 길게 하품을 뽑으며 상품들의 바코드만 스캐너로 무심히 긁었다. 그때 일회용 밴드가 없느냐고 그가 물었다. 점원은 카운터 밑에서 밴드 한 통을 꺼내어 카운터 위로 올렸다.

하늘엔 뿌연 달과 별들이 흐릿하게 빛을 내뿜고 있었다. 가로등 불빛을 받으며 그는 그림자를 세 개나 이끌고 골목을 향해 터덜터덜 걸었다.

휴대용 가스레인지 불꽃이 새파랗게 치솟았다. 불꽃은 냄비에 짓눌려 좌악 퍼졌다. 파면은 냄비 속에서 제 모을 끓였다. 이어 그는 스프 가루를 흩뿌렸다. 라면은 물 속에서 몸집을 부풀리기 시작하더니 처음과는 다른 양상으로 변하기 시작했다. 말린 야채 부스러기들이 끓는 물 속에서 파나 다시마의 모양새로 재생했다. 변하기 쉬운 본질은 무상했다.

그녀는 여전히 자고 있었다.

그는 소주 뚜껑을 따서 제 손에 약간 부어 그녀의 상처난 뺨에 그 손을 갖다 대었다. 이어 밴드를 꺼내어 그 뺨에 벽지를 바르듯 갖다 붙였다. 상처는 밴드 하나로 모자랐다. 그는 붙은 밴드 옆에 밴드 하나를 더 붙였다. 그러자 그녀는 한껏 치장한 인디언 처녀처럼 보였다.

허연 김이 애초의 천장으로 피어올랐다. 일회용 나무젓가락으로 그는 라면 가닥들을 휘휘 저었다. 한껏 풀린 면발이 냄비 속에서 숨겨 둔 본능처럼 제멋대로 놀아났다. 피어오르는 수증기의 그림자가 벽면을 타고 곰실곰실 올라갔다. 벽면에 비친 그림자를 보고는 그것이 무엇인지는 알 수 없었다.

라면이 다 익자 그는 소주를 병나발을 불며 입안에 털어 넣었다. 카아, 하는 소리를 낸 뒤 면을 씹으며 그는 그녀의 얼굴을 보았다. 그녀는 무슨 일이 있었느냐는 듯 그저 다소곳이 잘 뿐이었다. 그는 소주 몇 모금을 더 삼켰다. 그의 얼굴은 차츰 붉게 물들었다.

얼마 안 가 소주는 바닥을 보였다. 동시에 냄비도 바닥났다. 변신을 거듭하던 라면도 봉지만을 남긴 채 흔적도 없이 사라졌다.

눈을 뜨자 희미한 천장이 보였다. 그녀는 시선을 좌측으로 돌렸다. 눈에 들어오는 건 벽뿐이었다. 고개를 우측으로 돌렸다. 웬 남자가 자고 있었다. 깜짝 놀란 그녀는 상체를 벌떡 일으켰다. 동시에 벽면의 제 그림자가 휘청거렸다. 그녀는 자신의 두 눈을 비볐다. 그제야 하물들이 하나 둘씩 제대로 눈에 들어왔다.

남자의 머리맡에서는 촛불이 다 허물어지 상태로 꺼질 듯이 겨우 타고 있었다. 양초는 참치 캔 바닥에 뿌리를 내리고 있었다. 촛농이 녹아 내려 캔 바닥에 덕지덕지 굳어 있었다. 그 곁에는 휴대용 가스레인지와 라면 국물이 담긴 양은 냄비, 꽁초로 수북한 재떨이. 검정과 흰색의 비닐 봉지들, 두루마리 휴지 등이 줄줄이 널려 있었다. 가구라고는 눈을 씻고 봐도 보이지 않았다. 나무젓가락은 손잡이 부분과 끝 부분에 때가 덕지덕지 묻어 새카맣게 변해 있었다.

한쪽 벽면 상단의 모서리에는 목수용 전대가 못에 우두커니 걸려 있었다. 전대에는 망치와

펜치, 끌 따위가 먼지에 덮인 채 줄줄이 꽂혀 있었다. 오랫동안 사용하지 않았다는 걸 그녀는 알 수 있었다.

그녀는 다시 시선을 바닥으로 돌렸다. 숄더백이 보였다. 잠에 빠진 남자의 얼굴을 힐끗 쳐다본 뒤 그녀는 제 백을 열었다. 잡동사니들을 훑어본 뒤 고개를 끄덕거렸다. 돈지갑도 꺼내어 보았다. 지폐들도 구겨진 채로 그대로였다. 그녀는 수긍한 듯 고개를 몇 번 끄덕인 디 백을 제 곁에 얌전히 놓았다. 그러고는 멍하니 앉아 있었다.

가만히 있던 그녀는 무슨 생각이라도 난 듯 갑자기 고개를 치켜들었다. 자신의 옷매무새를 재빠르게 훑었다. 시선을 무릎으로 옮겼다. 청바지가 조금 찢겨 있었다. 무릎을 몇 번 주무르며 남자를 보았다. 남자의 생색을 살피던 그녀는 슬그머니 고개를 돌려 백 속에서 화장용 팩을 꺼내었다. 거울로 제 얼굴을 쳐다보던 그녀는 촛불 가까이로 거울을 갖다 대었다. 그녀의 눈동자엔 홀로그램처럼 촛불이 선명하게 들어섰다.

거울 속에는 뺨에 밴드를 두 개나 붙인 여자가 멍청한 눈빛을 하고 있었다. 일순, 그녀는 얼굴을 뒤로 제쳤다. 그러다 다시 거울을 보며 밴드를 조심스럽게 떼어 냈다. 푸르죽죽한 상처가 몇 줄 나 있었다. 그녀는 상처 부위를 자세히 살폈다. 눈살을 찌푸리던 그녀는 머리카락을 뒤로 몇 번 쓰다듬더니 화장용 팩을 백에 도로 집어넣었다.

그녀는 잠시 멍하니 앉아 있었다. 그러다 갑자기 눈을 치뜨며 백을 도로 잡았다. 아무리 뒤져도 그녀가 찾는 것은 나타나지 않자 그녀는 백을 닫아 제 곁에 놓았다.

그녀는 시선을 바닥으로 돌렸다. 라면 봉지들이 너절하게 흩어져 있었다. 그녀는 고개를 들어 무심코 천장을 보았다. 그녀는 제 그림자가 벽면을 타고 천장까지 반쯤 꺾인 채 실제보다 몇 배나 부풀어 흐느적거리는 걸 무심코 쳐다보았다.

이어 그녀는 고개를 떨군 뒤 남자의 머리맡을 살폈다. 재떨이 옆에 나뒹구는 담뱃갑이 그녀의 눈에 들어왔다. 마침내 찾을 걸 찾았다는 듯 그녀는 담배 하나를 얼른 뽑아 입에 물고는 그것을 촛불에 갖다 대었다. 담뱃불과 촛불이 교미하듯 붙었다가 떨어져 분리되었다. 회색의 담배 연기가 그녀의 입에서 조금씩 뿜어져 나왔다. 머리를 드는 순간 지지직 하는 소리가 노란내와 함께 났다. 그녀는 고개를 뒤로 젖히며 타 버린 머리카락을 인상을 찌푸리며 매만졌다.

길게 담배 연기를 내뿜던 그녀는 불현듯 한 손으로 담요의 귀퉁이를 잡아 남자의 몸에 걸쳐 주었다. 그러자 남자가 움찔하더니 불쑥 눈을 떴다, 그녀는 소스라치게 놀라 뒤로 상체를 젖혔다, 남자 또한 눈을 크게 뜨고 그녀를 빠니 쳐다보았다.

　　그녀가 먼저 입을 떼었다.

　　"어떻게 된 거에요? 여기가 어디죠?"

　　"어허, 이 양반 보소. 그건 내가 묻고 싶은 말이오. 여긴 내 지하실이오."

　　그가 말했다.

　　그녀는 입을 달싹거리다가 닫았다. 공간엔 적막과 긴장감이 감돌았다. 남자는 어이없는 눈빛으로 그녀를 노려보았다. 그녀는 무연한 눈빛으로 그를 쳐다보았다. 이번에는 그가 담배를 물며 천천히 입을 열었다.

　　"한밤중에 소변이 보고 싶어 밖을 나가 보니 아가씨가 전봇대 근처에 쓰러져 있었소. 처음엔 쓰레긴 줄 알았지. 나중에 보니 사람이더구만. 그래서 내가 업고 일로 퍼뜩 날랐지."

　　"제가 바깥에 쓰러져 있었단 말이죠?"

　　"그렇지."

　　"제 곁엔 아무도 없었어요?"

　　"누가 있단 말이오. 개미 새끼 한 마리 없었는데."

　　그는 담배 연기를 촛불 쪽으로 뿜으며 천장을 응시했다. 그녀는 고개를 갸웃거리며 머리가 덥수룩하고 얼굴과 손톱에 때가 끼인 그를 물끄러미 바라보았다.

"일로 데려오지 않았다면 아가씨는 지금쯤 꽁꽁 얼어 뒈졌을 게요."

그가 말했다.

그녀는 뭔가를 생각하며 망설이다가 재떨이에 담뱃재를 떨었다. 실내는 어색한 공기가 계속 흘렀다. 둘 사이에서 양초만 하염없이 타고 있었다. 양초는 흘러내린 촛농에 박힌 까만 심지만 남아 겨우 마지막 불꽃을 피우고 있었다.

"고마워요. 아저씨 덕분에 제가 살았네요. … 그런데 혹시 무슨 일 없었나요?"

황급히 담배를 비벼 끈 뒤 그는 의아한 눈빛으로 그녀를 빤히 쳐다보았다.

"혹시라니? 무슨 말이오?"

그녀는 입술을 굳게 다물었다. 다시 침묵이 흘렀다. 두 사람의 숨소리만이 어색한 침묵의 허를 찌르고 있었다.

이윽고 그녀는 담배를 끄고 생수를 몇 모금 들이켰다. 그런 그녀의 행동을 지켜보던 그가 갑자기 언성을 드높였다.

"죽어 가는 사람을 살려 놓았더니 무슨 말을 하는 거요?"
"아, 아 … 무 것도 아니에요. 미안해요."

그녀가 고개를 떨구며 목소리를 낮추자 그는 적이 안심이 되는 듯 언성을 낮추어 부드럽게 말했다.

"다친 데는 괜찮소? 술을 많이 펐던데. 임시로 밴드를 붙여 놓았으니 괜찮을 거요. 소주로 소독까지 했으니까."

그녀는 피식 웃었다. 그도 덩달아 어줍잖은 미소를 지었다.

"무릎은 괜찮은데 얼굴이 … 나중에 병원에 가 봐야 될 것 같아요."
"그렇게 하쇼. 속은 괜찮소? 배고프면 라면 하나 끓여 드쇼. 난 새벽에 한 그릇 훑었으니까."

그가 양은 냄비로 손가락질을 했다.

"아, 아니에요. 저 … 지금 나가 봐야겠어요. 이만 일어날게요. 고마웠어요."
"고맙기는, 인지상정이지."
"그렇네요, 인지상정이네요."

그녀는 묘한 말을 뇌까렸다.
그녀는 숄더백을 어깨에 걸치며 자리를 일어났다. 그도 덩달아 일어섰다. 그들이 일어섬과 동시에 지하실의 연극이 막을 내리듯 촛불도 꺼졌다.
고체에서 액체로, 액체에서 기체로 변신을 거듭하던 양초는 마침내 제 몸뚱어리를 완전히 허물고 말았다.
그는 라이터 불빛을 비추며 앞장을 섰다. 그가 한 계단을 오를 때마다 라이터 불빛에 의해 계단 전체가 출렁였다.
그의 뒤를 따라 계단을 오르던 그녀는 야릇한 미소를 입가에 머금었다. 앞장선 그 또한 덜굴에 웃음을 떠올렸다.
그는 출입문을 열었다. 눈부신 정오의 태양이 둘을 빤히 내려다보았다. 둘은 그저 그림자 하나씩을 달고 있을 뿐이었다. (끝)

■ 발문

부상을 바라보며

이 중 순
(10회 동창. 국립부산기계공업고등학교 교장)

"부상을 바라보며 우뚝 솟은 곳…". 우리 모교 국립부산공업고등학교의 교가 첫 마디는 이렇게 시작되었다. 여기서 '부상扶桑'이란 단어에 대한 국어사전의 해석은 "중국 신화에서 해가 가장 먼저 뜨는 곳, 또는 그 곳에서 자라는 나무, 혹은 그 나무가 있는 곳이라고 일컬어졌으며, 세상의 동쪽 지역 끝의 대명사라 볼 수 있다."라고 설명한다.

해운대 장산마루에 위치한 모교에 우리들이 입학한 1976년 봄, 교정은 붉은 동백꽃이 피어 있었다. 달맞이고개에서 솟아오른 보름달의 그림자가 드리운 해운대 은빛물결은 동백섬 앞바다 오륙도 너머까지 출렁이며 한없이 아름다웠다.

그래도 전국 각지의 중학교에서 주름잡았던 수재들이 모인 학교였다. 전국

고등학교 IQ테스트에 늘 으뜸을 차지하던 학교였다. 그럼에도 '조국근대화의 기수'라는 휘장을 어깨에 달고 산업역군의 길을 걸어야만 했던 우리 동창들. 청춘의 꿈이 아베베 실습장에서 쇳가루에 부서진 줄만 알았는데, 전국 방방곡곡 아름다운 꽃으로 아롱지고 있었음을 동창문집 『해운대』에서 읽는 것 자체가 감동이다.

여기 우리 모교의 10회 졸업 동창들 열 명이 모여서 동창문집을 낸다는 소식을 듣고 깜짝 놀랐다. 한 학교에 문인으로 등단해 활동하는 동문이 한 명도 드물 것인데, 우리 동기만 열 명이나 된다니. 그 중에는 교과서에도 시가 실리고, 한국문단의 중심인 '한국작가회의' 사무총장을 역임을 하고 2013년도 우리나라 시인과 평론가들이 선정한 최고의 시를 쓴 동기도 있고, 시인대회에서 금상을 받은 친구도 있다니 자랑스러울 뿐이다.

전교생 전학년 국가장학생으로 채워진 교정은 지금도 그렇지만, 당시에도 어지간한 대학캠퍼스보다 넓고 아름다웠으며, 지금은 없어졌지만 하늘을 찌를 듯 우뚝 솟은 철탑 조형물들은 우리들의 꿈을 대변하였다. 그렇게 산업현장으로 달려간 친구들의 땀방울이 오늘 기술한국의 밀알과 풋거름이 되었고 국민들의 가슴을 적셔주는 감성과 서정의 시어로 영글었다.

시와 수필, 그리고 소설을 써서 동창문집을 발간해준 공광규, 권기옥, 권대근, 김규동, 김종원, 박철, 정원식, 조양상, 조충호, 한승수 동창에게 뜨거운 박수를 보낸다. 졸업 후 40년이 지나 동창문집을 발간하는 일은 어쩌면 처음일 것이다. 여기에 실린 글 한편 한편이 지나온 세월을 돌아보게 하고 모교에서 키웠던 청운의 푸른 꿈을 보는 것 같아 정겹고 뭉클하다. 친구들의 문집이 많은 사람들에게 사랑받길 바란다.

국립부산기계공업고등학교 제10회 동창문집

해운대

ⓒ공광규 외, 2015. printed in seoul, korea

··

초판 1쇄 발행 2015년 04월 10일

지 은 이 공광규 외 ㅣ 펴 낸 이 임세한
기   획 박해림 ㅣ 디 자 인 정지은 유재미

펴 낸 곳 시와소금
출판등록 2014년 1월 28일 제424호
출   판 강원도 춘천시 충혼길 20번길 4호
편   집 서울시 송파구 백제고분로45길 30, 301호
전자우편 sisogum@hanmail.net
연 락 처 02-766-1195, 010-5211-1195

··

ISBN 979-11-952142-7-3 03810